JN053968

恋する救命救急医

魔王陥落

春原いずみ

white heart

講談社X文庫

目次

救命救急センターの
新任ドクター

貴志颯真
Souma Kishi

金髪に近い栗色の髪とオリーブグリーンの瞳をもつ。天使の美貌《びぼう》の英米ハーフ。

聖生会中央病院の
整形外科医

森住英輔
Eisuke Morizumi

美食家で楽天的、コミュニケーション能力も高い。晶の同期で大学時代からの友人。

神城と一緒に救命救急
センターへ異動して
きたフライトナース

筧 深春
Miharu Kakei

看護学部時代にヘリに搭乗する神城の姿に憧れ、フライトナースの資格を取った。

聖生会中央病院付属
救命救急センター・
副センター長

神城 尊
Takeru Kamishiro

英成《えいせい》学院OBで当時のあだ名は『キング』。現在は『ドクターヘリのエース』と呼ばれている。

恋する救命救急医 ✚ 人物紹介

藤枝脩一
Shuichi Fujieda

晶の恋人。元は医者だったが挫折し、英成学院の先輩である賀来に店を任されている。

宮津　晶
Akira Miyatsu

実力不足と自覚しているが『控えめだが優秀』と篠川に評価されている。

賀来玲二
Reiji Kaku

篠川の恋人兼同居人。英成学院中等部から篠川と同級生。コーギー犬「イヴ」と「スリ」の飼い主。

篠川　臣
Omi Sasagawa

英成学院OBで当時のあだ名は『クイーン』。常に冷静で、上司にも部下にも容赦がない。

イラストレーション／緒田涼歌

恋する救命救急医

魔王陥落

ACT 1.

美術館の庭にある桜につぼみがつき始めた。最初は、ただ伸びるばかりだった枝の先がほんのりと赤くなる。木全体がふんわりと薄赤くなったなぁと思うと、枝には花のつぼみがつき始めている。そして、そのつぼみは膨らむに従って、だんだんと白くなっていくのだ。ふっくらとした淡い淡いピンク色のつぼみが枝全体につくと、ああ、春になったなぁという気がしてくる。

「だいぶ、暖かくなってきたな」

森住英輔《もりずみえいすけ》は、襟元に巻いたシルクのマフラーを外しながら言った。コートももう重いものではなく、軽いスプリングコートになっている。

「でも、マフラーはいるんですね」

涼しげな声で言った貴志颯真《きしそうま》は、襟元に何も巻いておらず、コートも羽織るだけで前を開けている。下に着ているのは、襟ぐりの開いたVネックの薄手のセーターで、かなりの薄着である。森住はじろりと貴志を見た。

「知らねぇのか？　首と名のつくところは冷やしちゃいけないんだぜ」

そして二人は、カフェ&バー『le cocon《ル・ココン》』のドアを開けた。

「いらっしゃいませ」

いつものように、マスターである藤枝脩一《ふじえだしゅういち》が、魅力的な声で迎えてくれる。

「こんばんは」

貴志がにっこりと優雅に微笑《ほほえ》む。

金髪の混じった淡い栗色《くりいろ》の長い髪に、オリーブグリーンの瞳《ひとみ》。真珠色の肌の、超絶の上に超がつく美貌《びぼう》は、どこから見ても、日本人ではなく、彼の口から滑らかな日本語が出てくると、違和感を覚えるレベルだ。それも当然のことで、彼には一滴も日本人の血が入っていない。母はアメリカ人、父はイギリス人の英米ハーフで、しかし、日本で生まれ育っているため、国籍は日本という、やや不思議な存在が貴志である。

「お好きな席にどうぞ。今日はお身内ばかりのようなものなので」

「はぁ？」

森住はカウンターを見回した。

すっきりとしたハンサムな容姿に、知的なブルーブラックの瞳。幼い頃から剣道で鍛えた身体《からだ》は、ごつくなりすぎずに、すらりとしなやかだ。

この二人が店に入ってくると、ぱっとあたりが華やぐようである。共に身長は百八十センチを超えており、身にまとうものは上質で、とにかく目立つゴージャスな組み合わせなのである。

「藤枝」

カウンターの奥の方から、不機嫌な声が聞こえた。

「ここは、センター専属のバーなのか？」

「まぁ、オーナーがオーナーですから」

藤枝がくすりと笑って答える。森住が奥をのぞくと、やはりそこに座っていたのは、センターで見慣れた篠川臣《ささがわおみ》だった。彼は聖生会《せいせいかい》中央病院付属救命救急センターを率いるセンター長である。さらに奥のカウンターの端には、彼のパートナーである賀来玲二《かくれいじ》が座っている。賀来はこの店を含む七店舗を経営する実業家だ。

「藤枝、もうClosedにしちゃえよ」

無責任に言ってのけたのは、篠川から一つ置いたスツールに座っている、ガタイも態度も大きい神城尊《かみしろたける》だ。眼鏡の似合うインテリ面《づら》だが、中身は恐ろしく破天荒で、場合によってはうっとうしいくらい熱い。

「どうせ、この店で儲《もう》け出す気はないんだろう？」

「そのお言葉は心外ですね」

しっとりとした魅力的な声は賀来だ。彼も、貴志に負けないほどの華やかな美形で、カウンターの奥まったところにいても、そこだけぽっと明かりが点《つ》いているようだ。

「これでも、最低限の経営努力はしていますよ」

「どうだかね」

篠川が混ぜっ返す。

「取材はすべて拒否。グルメサイトへの掲載も拒否で、いったい何が経営努力なのかな」

「身内レベルでも、ちゃんと代金はいただいている」

「……お安いですけどね」

ぼそっと言ったのは、神城の隣に座っている筧《かけい》深春《みはる》だ。小柄な筧は、神城の後ろにいると見えないくらいだが、たぶん舌鋒《ぜっぽう》の鋭さでは、篠川の次くらいだ。彼は、神城のパートナーというか、同居人なのだが、俺様度百パーセントの神城を叱《しか》りつける強者《つわもの》である。

「俺、この前、大学の同窓会の流れで、ホテルのバーに行って、仰天しましたよ。ウイスキーなんて、ここと一桁《けた》違ってるのもありました」

「ホテルのバーは、だいたい場所代ですよ」

藤枝がさらりと言った。

「違いますか？　貴志先生」

「さぁ、どうでしょうか」

カウンターの真ん中あたりに座を占めて、貴志が微笑んだ。その隣に、森住も座る。カウンターの右端には、いつものように宮津《みやつ》が座って、あたたかいカフェラテを飲んでいた。なるほど、ある意味フルメンバー勢揃《せいぞろ》いだ。これもまた、めずらしい。

「家業の方は、兄が継いでいますので、私はまったく。私が今住んでいるオテル・オリヴィエには、バーがありませんので、なおわからないですね。レストランに関しては、あまり場所代というのはない気がしますが」

「KISHIホールディングスの持っているホテルは、場所代がかかるような場所に、あまりないからね。オテル・オリヴィエも街から離れたリゾートがコンセプトだから、ものすごく地代の高いところにはないいんだよね」

賀来が言った。KISHIホールディングスは、貴志の実家が経営している会社で、いくつものラグジュアリーなホテルを持っており、そのうちのいくつかは五つ星クラスと言われている。

「でも、都内の一等地にある五つ星ホテルは、やっぱり場所代あるよ。カクテル一杯で二千円とか三千円するし、ビールでも二千円くらいすることがある」

「ビールで二千円……」

筧が首をすくめた。

「俺、缶ビールでいいです……。味わかんないし」

筧の前にあるのは、ビールのカクテルであるパナシェだ。あまり酒に強くない筧は、ここではたいていアルコール度数が低めのカクテルを飲んでいる。

「森住先生、貴志先生、何にいたしましょう」

藤枝がカウンターの中から尋ねた。

「じゃ、俺はジン・フィズ」

「私はトム・コリンズを」

藤枝がくすっと笑って、頷《うなず》いた。

「本当に、先生方は仲がよろしいんですね」

森住はきょとんとしている。篠川が心底嫌そうな顔をした。

「仲がいいっていうより……たぶん、貴志先生の性格が悪いんだと思う」

貴志の性格に問題があるのは、重々わかっているが、それを篠川がさらりと見抜いたのが、ちょっとした驚きだった。思わず、じっと見つめてしまった森住に、篠川はいつものように、ふんという顔をしている。

「ジン・フィズとトム・コリンズって、材料ほとんど一緒。違いはジンの種類だけ。ドライジンかオールド・トム・ジンか。貴志先生、わかってやってるでしょ」

「さぁ、どうでしょうか」

貴志はうっすらと微笑んだ。森住はなぁんだとため息をつく。

こいつなら、そのくらいのこと、平気でやりかねない。

「しかし、今日はいったい何なんですか？　ここにみんな集合することにしてたとか？」

ジン・フィズのグラスを手にして、森住は軽く藤枝に尋ねた。藤枝は微笑むだけだ。

「雰囲気のいいバーは貴重ですよ」

貴志が一口トム・コリンズを飲んで言う。

「ここは病院からも近いし、隠れ家的な雰囲気もいい。ついつい通いたくなりますね」

「ありがとうございます」

貴志の言葉に、賀来がにこりと微笑んだ。

「隠れ家というのは、当たっていますね。そのつもりで作りましたから」

「『le cocon』というのは、フランス語ですね」

さすが、インターナショナルスクール育ちだ。貴志はさらりと言った。賀来が頷く。

「ええ。繭という意味ですね。ここは、私も含めたお客がこもる繭です。ですから、店内で騒がしくすることや、写真の撮影は一切お断りしています」

貴志がくるりと森住の方を振り向いた。口元にわずかに白い歯がこぼれている。森住が『悪魔の笑み』と呼んで忌み嫌う表情をしている。

「森住先生、ここなら、インスタに上げられる心配はなさそうですよ」

「……うるせぇ」

森住はじろりと、貴志の美しすぎる瞳とにいっと笑った口元を見て言った。

こいつには、かっこ悪いところばかりを見られている気がする。

何せ、インスタ映えする料理の写真を撮りまくるデート相手に苦言を呈して、ワインをぶっかけられた現場をばっちり目撃され、何だかんだあって、そのままベッドに連れ込まれた。痛恨の極みである。そのまま何となく、今に至るまで、その関係は続いている。

〝まったく……っ〟

嫌なら拒否すればいいと思う。確かに、彼は少林寺拳法《しょうりんじけんぽう》の使い手で、同じ武道の有段者と言っても、剣道の有段者である森住よりも、体術の点において、確かに優れてはいるが、体格的に大きな差はない。長身で、かっちりとした体型の森住が本気で抵抗すれば、そうそう簡単に、身体の関係を強要されることはないと思うのだが、なぜか、今のところ、森住の全敗である。セックスに持ち込まれて、貴志が思いを遂げなかったことは一度もない。

〝経験値の差……〟

確かに、彼のベッドテクニックには、すごいものがある。天国の扉を垣間見る《かいまみ》……みたいなことを言われたが、それは誇張でも何でもなく、本気で殺しにかかってきやがる。彼はベッドで、いろいろと恐ろしいことを言うが、たぶんそれは冗談でも何でもない。

〝のんびり恋愛できる相手じゃねぇんだよな……〟

「ああ……」

　ふと、藤枝がつぶやいた。

「申し訳ありません、オーナー。すっかり忘れていました」

「え？」

　藤枝に話しかけられて、賀来が軽く目を見開いた。

「何？」

「トムが戻ってきます」

「え？」

　反応したのは、貴志以外の全員だった。

「ウェイターくん、帰ってくるのか？」

「トムくん、いよいよ戻ってくるの？」

　神城と宮津が、ほぼ同時に言った。藤枝が軽く首を横に振る。

「いえ、帰国はしますが、一時帰国です。彼は就労ビザを持っていないので、定期的に帰国しているんです。ただ、だいたいはホテルに泊まって、そのまま出国してしまうんですが、今回は少し長い帰国をするつもりらしくて、私に連絡を入れてきました。私のマンションか、ここの二階を貸してくれと言ってきましたので」

「トムも水くさいなぁ」

　賀来が苦笑している。

「あいつ、どこにいるかくらいはメールしてくるんだけど、帰国については何にも言ってこないんだよね。ヨーロッパに戻ってから、日本から戻ったよとか言ってくる」

「オーナーには、あまり甘えたくないんだと思います。滞在費をかなり出していただいているので、それ以上のご迷惑はかけたくないんでしょう」

藤枝が少し笑って言った。

「できたら、ご援助はいただかないようにして、独立したいんでしょうが」

「別にそんなことしなくていいのに」

賀来がおっとりと言う。

「いずれ、あの子にも一軒任せようと思ってるんだよ。彼だと、やっぱりカフェかなぁ」

「あいつなら、バーでもいいんじゃないのか？　藤枝よりバー向きかも」

篠川がくいっとウイスキーを飲み干した。

「藤枝、アイラ何がある？」

「そうですね……」

いつものやりとりを聞き流しながら、ふと、貴志が言った。

「森住先生、トム……というのは？」

「あ？　ああ、貴志先生は面識ないんだっけ」

そういえば、トムがここを出ていってから、どれくらいになるだろう。一年は過ぎたような気がするが。

「失礼いたしました」

篠川のために、ウイスキーをグラスに注ぎながら、藤枝が軽く頭を下げた。

「トムは、以前ここにいたウェイター兼バリスタです。本名は宝生《ほうしょう》務《つとむ》と言いまして、ルックスはよかったのですが、口は悪い子です」

藤枝がくすりと笑いながら言った。

「何か思うところがあったようで、突然旅立ってしまいました。今はヨーロッパをうろうろしながら、あちこちのお店で勉強させていただいているようです」

「ああ……務くんだからトム……ですか。もしかして、私のようなハーフかと思いました」

貴志がトム・コリンズを飲みながら言う。

「ヨーロッパをあちこちしているなら、英語以外も話せるということですよね」

「そうですね。とりあえず、向こうに行った段階では、英語とフランス語は話せて、ドイツ語が片言でしたか」

賀来がひょいと顔を出して言った。

「あいつがまだ子供だった頃に、結構あちこち連れ歩きましたから。地頭がいいと言うのか、聞きかじった言葉をすぐ話せるようになってしまう子なんですよ」

「子供だった頃？」

「あ、俺もそのあたりの話はよく知らない」

森住がはーいと手を上げる。

「賀来オーナー、トムくんってどういう出自なの？　あいつ、あんまり自分のことはしゃべりたがらなくて」

「森住先生」

篠川がグラスを傾けながら、ちらりと森住を見た。

「言いたがらないってことは、聞いてほしくないってことじゃないの？」

「あ」

思わず、森住は自分の口を塞《ふさ》いでしまう。

森住は、トムがこの店にいた頃、ちょっかいを出していた時期がある。もちろん、それはちょっかいという段階から踏み出しておらず、深い関係になる前に、彼は海外に旅立ってしまった。

森住は基本的に美しいものが好きだ。医師というリアリズムの極みにあるような仕事をしているせいか、仕事以外では、きれいなものを見ていたいという願望がある。だから、据《す》え膳《ぜん》は別として、自分から手を出すものは、ルックス重視のところがある。

トムは、はっきり言って美形だった。物憂げな感じのする美少年もどきで、年は二十代の半ばだったから、少年という年齢ではなかったのだが、ほっそりとした体つきや、若見えのするルックスのせいで、彼を目当てに店に来ていた女性客たちからは、十代ではないかと思われていたらしい。

「森住は、トムくんのこと気に入ってたよね」

ふっと言ったのは、宮津だった。

「トムくんは相手にしてなかったみたいだけど」

「そ、そんなこと……っ」

意外な方向からの突っ込みに、思わず森住はたじろぐ。

「宮津、おまえ何言って……っ」

「だって、一緒に旅行とか行ってたでしょ？」

そういや、渋るトムを口説き落として、一度だけ近場のリゾートホテルに遊びに行ったことがあった。同じ部屋には泊まったが、ベッドは別で、襲いかかる気もなかった。

〝あの頃は、男同士でセックスとか、考えてもいなかったぜ……〟

トムとの関係は、軽いキスだけで終わり、彼が海外に行ってしまってからは、連絡の一つもないくらいだ。

「い、いや、あれは……っ」

「旅行ですか」

隣から、ひんやりとした声がした。思わず、ひっと首をすくめてしまう。

「仲良しだったんですね」

トム・コリンズをすうっと飲み干して、ちらりと森住の方を見た貴志の瞳が妖《あや》しく輝いている。

〝ひぃ……〟

にっこり笑っているのに、その口元からのぞく白い犬歯のせいで、その微笑みはぞっとするほど不穏だ。

「トムにとって、森住先生は憧《あこが》れだったと思いますよ」

藤枝が、貴志の前のグラスを下げながら、柔らかい口調で、森住にとっての爆弾発言をかましてくれる。

「あいつはコミュニケーション能力が高くて、誰とでもすぐにフランクな関係になれますが、本当に懐く相手は決まっていて、自分より年上の男性ばかりでしたね。恋愛という意味ではないと思いますが、オーナーや森住先生のような優しい年上の男性に、憎まれ口を叩《たた》きながら甘えることが多かったように思います。女性には、少し距離を取る傾向がありましたね」

「そ、そうなんだ……」

冷や汗が止まらない。怖くて、隣が見られない。

〝か、勘弁してくれぇ……〟

「私も、そのトムくんに会ってみたくなりました」

貴志が妙に明るい口調で言った。

「森住先生が旅行に連れ出したくなるくらいのきれいな男の子なんでしょう?」

「いや、だから……」

「森住ってさ」

空気が読めてるんだか読めてないんだかよくわからない宮津が、がっつり追い打ちをかけてくれる。

「面食いだよねぇ。合コンでも、いちばんルックスのいい子ゲットしてたもんねぇ」

「こら、宮津っ!」

森住の声はほとんど悲鳴に近い。奥の席で、賀来と篠川が必死に笑いをこらえ、その隣にいる筧は容赦なく吹き出し、神城に至ってはカウンターを叩いて笑っている。

「すげぇ、宮津先生無双だな……っ」

「は、はい?」

当の宮津はきょとんとしている。

「俺、何かおかしいこと言いましたか?」

「別におかしいことは言っていませんよ、宮津先生」

貴志が落ち着いた口調で言い、にっこりと微笑んだ。

「私の知らない森住先生の一面を教えてくださってありがとうございます」

「べ、別に知らないわけじゃねぇだろ……っ」

森住は開き直ったように言った。

「マスター、俺、お代わりっ」

「同じものでよろしいですか？」

穏やかに尋ねてくる藤枝に、森住は頷きかけて、いやいやと首を振る。

「……貴志先生と同じのを」

「トム・コリンズですね」

そのカクテルの名を改めて聞いて、貴志がちらりと森住を見た。

「やっぱり、トムがいいんですか？」

今度こそ、そこにいた全員が爆笑した。


オテル・オリヴィエから回されてきた車は、やたら座り心地のいいふかふかのシートを完備した大型のセダンだった。

「さすがにリムジンじゃねぇんだな」

家まで送ってくれるというので、貴志のために回されてきた車に、森住も同乗させてもらっていた。

「リムジンもありますよ」

さらっと答えが返ってきた。

「ただ、あれは住宅街で乗るものではありません。ホテルでも、空港への送迎くらいにしか使いません。私はそれも不要と考えていますが、家業に私は関《かか》わっていませんから」

貴志には、双子の兄がいる。その兄である優真《ゆうま》が、家業のホテル業を継ぐことになっているのだ。今はまだ、社長を務める父が健在で、優真は副社長という肩書だが、いずれ、彼が家業を継ぐことになっているらしい。貴志は、実家であるＫＩＳＨＩホールディングスの株主にもなっていないと聞いて、森住は少なからず驚いたものだ。貴志に言わせると、家族だからといって、ホテル業にまったく関わっていない自分が株を持っているのもおかしな話らしい。

『大学卒業まで、私の望んだとおりの教育を受けさせてもらって、アメリカに留学していた時には、資金援助もしてもらいました。私は、実家に十分すぎることをしてもらったと思っています。ですから、それ以上の利益を受けるつもりはありません』

堅いといえば堅いのだが、これが貴志颯真なのだ。いろいろと不気味なところはあるし、頭を抱えたくなるようなところも持っているが、貴志の中にある硬質さが、森住は嫌いではない。だからこそ、いろいろ言いたいことがありつつも、親しいつき合いを続けているのだ。

「森住先生は、車を運転なさらないんですか？」

ふかふかのシートにゆったりとくつろぎながら、貴志が言った。森住の自宅は、病院から離れている。電車とバスを使って、ドアトゥドアで四十分くらいか。遠いというほどではなく、コールがかかれば、タクシーで三十分以内で行ける距離だ。

「できるよ。親父《おやじ》と兼用だけど、車も持ってる」

父と同居するために買った家には、一台分しかガレージがなかった。だから、車も一台しかない。国産のコンパクトなセダンで、普段は父が乗っている。

「親父は小児科医だけど、俺より勤務先遠いし、交通の便があんまりよくなくて、車で行くのがいちばんいいんだよ。だから、普段は親父が車乗ってて、親父が休みの時に、俺が乗ったりしてる」

「でも、車で通勤された方が便利でしょう？　センター夜勤もされているんだし」

貴志が言う。彼は自分の車で通勤している。右ハンドルだが、かなり高価なドイツ車だ。そして飲む時は、このように彼が住んでいるホテルであるオテル・オリヴィエが、車を回すことになっている。

貴志は、実家が経営するホテル住まいだが、きちんとお金を入れていると聞いて、森住は驚いたものだ。宿泊料よりはかなり安めだが、それでも、マンションで一人住まいするよりも相当に高額な滞在費をきちんと払い、車を回してもらう時にも、別料金で払っているのだという。オーナー一族であることももちろんあるだろうが、あのホテルで、貴志が下にもおかない扱いを受けている理由が何となくわかった。彼は長期滞在者であり、ちゃんとした客なのである。

「別に不自由は感じてない。電車やバスは寝られるしな。あんたも自家用車やめて、ホテルに送り迎えしてもらえばいいじゃん」

「私がそういうことをできる性格だと？」

「思わない」

森住の自宅は、『le cocon』から、車なら三十分ほどだ。大きな幹線道路に近い場所で、静かとは言いがたかったが、便利なのは確かだ。深夜までやっているスーパーも近くにあるし、駅にも徒歩で行ける距離だ。

「あ、俺んち、そこ」

大きな運動公園のすぐ近くだった。街灯のそばなので、いつもぽっと明るい。ガレージは閉まっているが、たぶんまだ父は帰っていない。自動で点くようになっている門灯が点きっぱなしだからだ。

「コーヒーでも飲んでくか？」

貴志が森住の自宅まで来たのは、初めてだった。送ってもらったことはあるが、たいてい幹線道路のところで車を降りていたからだ。今日は雨模様だったので、玄関先まで車を着けてくれたのである。

「……ご迷惑では？」

貴志が言うのに、森住は肩をすくめた。

「俺が社交辞令言うタイプに見えるか？」

森住が車を降りると、貴志もついてきた。ドライバーに待っていてくれるように告げると、彼は軽く帽子の庇《ひさし》に手をかけて頷き、すっと車を出した。近くにはいくつか駐車場がある。そこで待つのだろう。

「言っとくが、あんたのとこみたいな超高級コーヒーは出ないぞ」

「でも、あなたのことですから、こだわりはあるんでしょう？　期待していますよ」

森住の自宅は、昔ながらの日本家屋だ。リノベーション物件なので、すべてがきれいに整えられているが、からりと引き戸を開けるタイプの懐かしい玄関である。

「庶民的とか言うなよ」

振り向いて釘《くぎ》を刺すと、貴志はめずらしそうにあたりを見回していた。

「いえ、私の鎌倉《かまくら》の実家もこういうタイプの家なので。何だか、懐かしい気がします」

そっと玄関の引き戸を後ろ手に閉めて、貴志は低めの天井を見上げた。

「ちゃんと木組みの天井なんですね」

「あ？　ああ、そこは手をつけていない。結構、ちゃんとした造りの家だったみたいで、土台や基本的な家の構造部分には、まったく手を入れていないらしい」

森住は、手を伸ばして、玄関の明かりを点けた。やはり、家の中はしんとしていて、父はまだ帰っていないらしい。

「親父はまだ帰ってないな。上がってくだろ？」

森住が言うと、貴志がくすりと妙に色っぽい笑いをこぼした。彼の口元には小さなほくろが一つあって、たまにどきりとするほど色っぽく見える。

「親がいないから……って、最高の誘い文句ですね」

「な、何言って……っ」

ふっと貴志の手が伸びてきた。軽く森住の頰《ほお》に触れる。

「少し……熱いですね」

彼の手はいつも少しひんやりしている。体温があまり高くない質《たち》らしく、それだけにセックスの時にふうっと体温が上がっていくのがはっきりとわかる。そんなことをふと思い出してしまって、なお頰が熱くなった。

「……酒を飲んだからだ」

彼の滑らかな手が森住の頰を撫《な》で、そのまますうっと髪の中に指を滑り込ませてきた。

「飲むと言うほど飲んではいないと思いますが?」

すっと顔が近づく。視界がぼんやりする寸前まで来ても、まったく瑕疵《かし》のない美貌は見事の一言に尽きる。つい見とれてしまう。

「キスの時には、目を閉じていただけると嬉《うれ》しいのですが」

唇が触れるぎりぎりのところで、貴志がささやいた。そのささやき自体が唇に触れて、どきりとする。

「やなこった」

そう言い返すのが最後の意地だ。森住の髪の中に指を滑り込ませ、軽く引き寄せて、貴志はしっとりとキスを仕掛けてきた。長い腕で森住の腰を抱き寄せる。

〝うわ……っ〟

身長はほぼ一緒だ。しかし、悔しいことに、貴志の方が腰の位置が高い。両足の間に膝《ひざ》を割り込ませられ、ぐっと擦《こす》り上《あ》げられるときっちりと筋肉のついた太股《ふともも》で、ダイレクトに刺激を送り込まれてしまう。思わず唇を開いた。そこにするっと舌が潜り込む。薄めの舌が器用に森住の唇をくぐって、軽く舌先を絡ませてきた。ずきんと痺《しび》れの走ったところに、彼の膝が容赦なく攻撃を仕掛けてくる。

〝馬鹿《ばか》、やめろ……っ〟

ここがどこだと思っている。幹線道路やスーパーが近いため、常に車の音や人の気配がする。たった引き戸一枚隔てたところで、こんなことをしていていいのか。息ができなくなるくらい深く舌を絡め、お互いの唇を貪《むさぼ》るキスを交わしながら、じんと来るところを容赦なく擦り上げられている。彼の強い腕の力がなければ、その場に座り込んでしまいそうだ。髪を撫でていた彼の手がすうっと滑って、コートとジャケットの内側に入った。シャツの胸を滑り降り、つんと尖《とが》ってしまった小さな突起を探る。

「ん……っ」

喉《のど》が鳴った。爪《つめ》の先でコリコリと弄《いじ》られて、びくりと腰が跳ね上がりそうになる。

〝ここでおっぱじめる気かよ……っ〟

否定できないあたりが怖い。何せ、センターの医局でも、隙《すき》あらば仕掛けてくる奴《やつ》だ。シャツのボタンが外される。押しのけようとする森住の手をくっと掴《つか》み、後ろ手に回して、腰を抱き寄せていた手で軽く関節を決めるように掴みやがった。体術に優れている奴は、はっきり言って身体自体が凶器だ。

「あなたの身体……好きですよ」

シャツの真ん中あたりのボタンを二つ外して、するりと手が滑り込む。冬でもアンダーシャツは着ないので、直接素肌に指が触れてきた。引き締まった腹筋を撫で上げられ、ぷくりと膨らんでしまった乳首の先に指先が届き、するっと先端を撫でられた瞬間だった。

「わぁ……っ！」

突然、ガレージのシャッターが開く音がしたのだ。ぎりぎりまで意識を張りつめていた森住は、その場に倒れそうになり、貴志に抱き留められた。

「大丈夫ですか？」

「大丈夫なわけ……ねぇだろうが……っ」

ぷくりと膨らんで敏感になった乳首は今もじんじんしているし、興奮させられた下半身は痛いくらいに疼《うず》いている。しかし。

「……親父帰ってきた……」

俺は中坊かと泣きたくなる。玄関でラブシーンになだれ込んで、あともう少しというところで、親が帰ってくるとは。

「私は帰った方がいいですか？」

貴志はすでに涼しい顔だ。しかし、森住は今にも座り込みそうである。とにかく外されたシャツのボタンを戻し、ジャケットの前を合わせたが、きゅんっと硬くなった乳首の先にシャツが擦れて、たまらない。下半身の方もまだまだ元気で、どうにかしたいが、どうにもならない。

「今さら、逃げる気かよ」

森住が潤んだ目で睨《にら》みつけた時、引き戸がからりと開いた。

「おや」

少し疲れた顔で帰ってきたのは、笑ってしまうくらい森住とよく似た父親であった。

「お客さんかい？」

「お邪魔しております」

まるきりの外国人顔から、滑らかな日本語が出てきても、まったく動じないのはさすがである。

「英輔のお友達かな？」

「森住先生と同じ聖生会中央病院に勤務しております貴志と申します」

「英輔」

貴志に会釈を送りながら、父が言った。

「上がっていただきなさい。男の二人暮らしだから、大したおもてなしはできないが、お茶くらいお出しできるだろう」

「……あ、ああ……」

ふらつかないよう気をつけながら、森住は靴を脱いで、家の中に上がる。

「……どうぞ、貴志先生」

「では、お言葉に甘えて、お邪魔します」

やられた方はふらふらなのに、やる方は平気なのか？

貴志はいつものすました表情のまま、優雅な足取りで、森住の父が招く応接間に向かった。それを見届けた森住が速攻トイレに飛び込んだのは、言うまでもない。

コーヒーをいれて、応接間に入ると、貴志は森住の父と向かい合って、談笑しているところだった。

「遅かったな、英輔」

父が振り向いた。

「あ、ああ……コーヒーいれてたから……」

まさか、トイレで抜いてきましたとは言えない。貴志は軽く視線をくれただけで、父との話に戻った。

〝誰のせいだと思ってんだよっ〟

せめてもの腹いせに、がちゃんっとカップを置いてやるが、ただ父に「気をつけなさい」と叱られただけだ。悔しい。

「開業はなさらないんですか？」

貴志が優雅にカップを手に取りながら言った。

「今うかがったような勤務をなさっていては、正直、病院内での批判もあるのでは？」

「貴志先生は率直ですね」

父が笑った。森住は父の隣に座り、口を挟まずに話を聞く。

「確かに、時間外を一人で診《み》る。当直もする。他院の小児科当直もする……では、他の小児科医から批判されます。先生のような働き方はできない。病院側に求められても困る。そう言われます。まぁ、今は一人小児科医ですので、何も言われませんが、以前の勤務先では、かなり詰められました」

森住の頑健な身体は、恐らく、この父の遺伝だと思う。父は、森住と違って、特にスポーツや武道はやっていなかったが、不思議と体つきはがっしりとしていて、風邪一つひいたことがなかった。この身体があったから、こんな無理な勤務を続けてこられたのだろう。

「私は古いタイプの医者なんですよ。滅私奉公しかできない。プライベートも充実させるとか、そんなことができないんです。だから」

ちらりと隣を見る。

「英輔にも、つらい思いをさせてしまった。小児科医の私が、自分の子供を不幸にしてしまった。だからこそ、患者の子供たちを不幸にしたくないと思ってしまうのかもしれませんが」

「俺は別につらくなかったぞ」

森住は、意外と深いところに話が行ってしまったぞと思っていた。貴志は、このルックスのせいで遠巻きにされることが多いが、話してみると意外にフランクで、相手の内側にするっと入ってくるようなところがある。父もその話術に籠絡《ろうらく》されたらしい。息子である自分ですら聞いたことのない父の本音を、びっくりするほど短時間で引き出してしまった。

「鎌倉に行くまでの記憶はほとんどないし、鎌倉に行ってからは、嫌なことなんて、一つもなかったからな。だから、親父が罪悪感覚えて、自分の身体にむち打って働く必要はない」

「森住先生」

貴志がすっと唇に指を当てた。余計なことは言うなのサインだろう。

「小児科医は大変なお仕事です。患者がこちらの言うこと、することを百パーセント理解することはなかなかないし、訴訟リスクも高い。罪悪感だけでできる仕事じゃありませんよ」

貴志が冴《さ》え冴《ざ》えとした口調で言い、不思議な吸引力を持つオリーブグリーンの瞳で、父を見つめた。

「先生は、先生の信じる道を進まれてきただけです。そして、森住先生はその背中を見てきた。それで十分なのではありませんか？」

かなり突っ込んだことを言っているのだが、貴志の言葉には嘘《うそ》がなく、まっすぐだ。森住が彼に敵《かな》わないと思うのは、こんな時である。彼には計りがたいところがあるし、とんでもなく変態的な性質も持ち合わせているが、ぴんと一本通った硬質なものがあって、それにふいに胸をつかれることがある。

「貴志先生は」

父がいつになく穏やかな口調で言った。

「きっと、愛されて、まっすぐにお育ちになったんでしょうね」

「さぁ、どうでしょう」

貴志の瞳がすっと森住に移り、きらっと輝いた。

「まっすぐに育ったかどうかはわかりませんが、愛されてはいたでしょうね」

そして、すっと言葉を続ける。

「私の両親は、仕事が大変に多忙で、私はほとんど一緒に暮らしたことがないほどでしたが、私を育ててくれたナニーや祖父母にはたっぷりと愛されて育ちましたし、たまにしか顔を見なかった両親も愛してくれていたと思います。森住先生と同じですよ」

貴志はゆっくりとコーヒーを飲んだ。

「……美味《おい》しいですね」

そりゃそうだ。とっておきのブルーマウンテンである。カップは、さすがにウェッジウッドのドルフィンホワイトとはいかないが、森住が気に入って使っているシンプルなノリタケのシェールブランだ。

「これは……ハンドドリップですか？」

「あ？　ああ……そうだけど」

「こいつのコーヒーは飲む価値がありますよ。これを飲みつけてしまうと、インスタントが飲めなくなって困ります」

父が笑いながら言った。森住は少し驚いてしまう。

〝親父って……家でも笑うんだ……〟

父の笑顔は、患者のものだと思っていた。帰宅した父は、顔も見せずに書斎に入ってしまうか、顔を合わせても、軽く手を上げる程度だった。だから、こんな風にくつろいで笑う父は初めて見たような気がした。

「……家の者を待たせていますので、そろそろ失礼いたします」

コーヒーを飲み終えて、貴志がすっと腰を上げた。

「夜分に申し訳ありませんでした」

「いや、こちらこそ引き留めてしまって」

父がはっと気づいたように言った。

「こんなむさ苦しいところですが、よろしかったら、今度はゆっくり遊びにいらしてください」

「ありがとうございます」

父と並んで、貴志を玄関まで送り、森住は軽く目で父に断ってから、貴志と共に外に出た。貴志が電話で呼ぶと、すぐにすうっと車が現れる。やはり、近くで待っていたらしい。

「……あんたの人たらしっぷり、初めて見たよ」

運転席から降りて、ドアを開けようとしたドライバーを目で止めて、貴志は自分で車のドアを開けた。

「はい？」

振り返って、貴志は軽く目を見開く。

「人たらしですか？」

「ああ。親父があんな風に打ち解けて話すのは初めて見た。息子の俺にだって、本音なんか話さない人だからな」

貴志はくすりと笑った。

「それは息子だから……じゃないですか？」

「あ？」

貴志はするりと車に乗り込む。ふかふかのシートにもたれて、バタンとドアを閉じ、窓を開けた。

「私の父も、職種が違うせいもありますが、私には何も話しませんでしたよ。私の話は聞きますが、自分のことは話しません。父親なんて、そんなものじゃないですか？　私は他人ですから、逆に客観的に話すことができるんだと思いますよ」

「……そんなもんか？」

「ええ」

おやすみなさいと窓を閉めかけて、ふと貴志は手を止めた。窓の上の隙間から、宝石のような瞳がのぞいている。

「……もう、おさまりましたか？」

「あ？」

すっと長い指が上がり、森住を指さした。へ？　と、その指先を見つめるとすうっと下がり、森住の下半身のあたりを示している。

「今度は、ちゃんと最後までお手伝いしますね」

何を言っているんだ？　と、一瞬首を傾《かし》げて、すぐにその意味がわかった。

「と、とっとと帰れ！」

耳まで赤くして叫ぶと同時に、車の窓は閉まり、鮮やかなテールライトの輝きを残して、ナイトブルーの高級車は、夜の中に走り去っていったのだった。

ACT 2.

美術館の庭には、一本の枝垂《しだ》れ桜の木がある。かなりの大木で、枝を大きく広げている姿は壮麗だ。

「桜が咲き始めたね」

甘くハスキーな声がした。庭を見下ろす美術館内のカフェにいた藤枝《ふじえだ》は、懐かしい声に振り返る。

「トム……」

小型のキャリーケースを脇《わき》に置いて、ちょこんと立っていたのは、ほっそりとした小柄な美少年だった。相変わらず、前髪が長く、左目はほとんど隠れている。かけていたサングラスを外して、『le cocon《ル・ココン》』の元ウェイター兼バリスタだった宝生《ほうしょう》務《つとむ》は、にっこと笑った。

「店に行ったんだけど、鍵《かぎ》閉まってたからここじゃないかって思って」

「いい勘だな」

コンコンと軽くテーブルを叩《たた》いてやると、トムはそこに座った。オーダーを取りに来たウェイトレスににっこりして、カモミールティーを頼む。

「何年のつき合いだと思ってんのさ。マスターの行動なんて、お見通しだよ」

「見通すも何も、営業時間の合間に店が閉まっているとしたら、僕の行くところなんて、ここくらいしかないじゃないか」

藤枝はフルーツティーを飲んでいた。ガラスポットにたっぷりと果物を入れ、そこに熱い紅茶を注いだ甘みのあるお茶だ。

「……元気そうだな」

「まぁね」

トムが旅立ってから、そんなに長い時が過ぎたわけではないのに、いつも隣にいた姿が消えてしまっていた時間は、ずいぶんと長いような気がしていた。もちろん、藤枝は少しも変わっていないし、トムも変わっていない。こうして、隣り合って座っていると、また『le cocon』に帰って、一緒にカウンターに入るような気がする。

「何で、急に戻ってきたんだ？」

りんごの香りのするハーブティーであるカモミールティーが運ばれてきた。ライトグリーンのお茶をガラスのカップに注いで、トムは肩をすくめた。

「玲二《れいじ》とマスターに、ちょっと相談があってさ。メールとか電話でもよかったんだけど、玲二にもマスターにも、ずいぶん世話になってるから、ちゃんとしようかと思って」

「何なんだ？　いったい」

突然、ふっと消えたあの日のように、トムはずっと一人で生きてきた感じのある青年だった。彼は複雑な出自をしていて、ローティーンですでに夜の街をさまよっていた過去を持つ。今の穏やかな表情が信じられないほど凄《すさ》まじい人生を生きてきたのだ。そんな彼が、賀来《かく》と藤枝に相談したいという。

「何だか、怖いな」

「大したことじゃないよ」

少し苦いなと言いながらハーブティーを飲んで、トムはくっと笑った。

「で？　みんなは元気？　宮津《みやつ》先生とか」

恋人の名前をさらっと挙げられて、藤枝は苦笑するしかない。トムにははっきりと、宮津が自分の恋人だと言ったことはなかったはずだが、ちゃんとわかっていたのだろう。

「晶《あきら》は元気だよ。それにオーナーも篠川《ささがわ》先生も」

「あと誰だっけ？　僕がいなくなるちょっと前に来た……」

「神城《かみしろ》先生かい？」

「あ、そうそう。それとちっちゃい子犬みたいな……」

「筧《かけい》さんかな？」

さすがに客商売だけあって、よく覚えている。そして、トムはカップを置いて、ぽつりと言った。

「……森住《もりずみ》先生は？　あの人のことだから、結婚とかしたんじゃない？」

ふわっと風が吹き抜けて、本当に微《かす》かな花の香りがした。フルーツティーを飲みながら、藤枝は微笑《ほほえ》んだ。

「してないよ。この頃は、新しいセンターの先生とよくお見えになっているよ」

「新しい先生？」

トムが顔を向けてきた。やはり、相変わらずの美少年顔だ。確か、宮津より三つくらい年下のはずだから、二十七かそのくらいにはなっているはずだが、欧米なら、このルックスではティーンエイジャーで通りそうだ。

「ああ。貴志《きし》先生といってね。まぁ、会ってみるのがいちばんいいかな。今日、このまま店の方に来るんだろう？」

「あ、うん。どっか泊めてもらえるところある？」

二人とも、お茶を飲み終えた。そろそろランチの支度を始めなければならない。

「店の二階に来ればいい。僕は晶のマンションに行くから」

「助かる。サンキュ」

二人は立ち上がり、さらっと藤枝が伝票を取った。レジに向かう彼に、背中の方からトムが言った。

「何気にのろけた？」

藤枝が苦笑しながら振り返ると、粋《いき》にウインクするトムのちょっと皮肉な笑顔があった。


「マジかよ……」

オーダーストップぎりぎりに食堂に飛び込むと、目の前にあったのは『定食売り切れ』の文字だった。

「おばちゃーん……」

食堂のスタッフに声をかけてみるが、返ってきたのは「一足遅かったね」の冷たい声。しかたなく、森住はうどんを頼んで、テーブルでもそもそと食べ始めた。

「お疲れ様です」

涼しい声に顔を上げると、紙コップのコーヒーを持った貴志が立っていた。

「……もしかして、一足早かったのはあんたか？」

「そのようですね」

貴志はすでに食事を終えていたらしい。コーヒーを持ったまま、森住の向かいに座った。

「先生、今日のご予定は？」

「夜か？」

うどんはぬるかった。うどんは嫌いじゃないが、このぬるいのだけは勘弁してほしい。ため息をつきつつ、とりあえずお腹《なか》を満たすために、うどんをすする。

「日勤だから、特に予定はないけど？」

「じゃあ、食事に来ませんか？『ポタジェ』の春メニュー、なかなかいいですよ」

フレンチレストラン『ポタジェ』は、貴志が住んでいるホテル『オテル・オリヴィエ』の中にある。

「あんたの勤務は？　日勤なのか？」

「私は日勤夜勤日勤ですが、先月ちょっと働きすぎたので、時間調整が入って、このあと午後四時くらいで上がります。先にホテルに帰っていますから、来ていただけますか？」

「…………」

貴志は、実家であるＫＩＳＨＩホールディングスが経営している『オテル・オリヴィエ』の一室に住んでいる。広々とした造りのスイートルームで、優雅に暮らしているのだ。そこは、森住にとって、ある意味最も行きたくない場所であり、また行きたい場所でもあった。

ホテルの豪華なベッドルームで、初めて貴志とセックスする羽目に陥った。酔《よ》い潰《つぶ》され、ベッドに引きずり込まれて、気がついたら、組み敷かれていた。その後も、なぜか上下の関係は逆転することなく、ベッドに入れば、森住はいつも貴志に組み敷かれ、喘《あえ》がされてしまう。

彼のテクニックは恐るべきものだ。何せ、まったくその気のなかった森住を意のままにしてしまい、その後も隙《すき》あらば押し倒そうとしてくる。キスなどしょっちゅうで、場合によっては、森住がトイレに駆け込まなければならない事態に陥ることもある。

「……俺は鴨《かも》か？」

低い声で言うと、貴志はにっこりと微笑んだ。

「お鍋《なべ》は用意しておきますので、ねぎ背負《しょ》ってきてください」

こんなベタなセリフが完璧《かんぺき》なドール顔から出てくる。ちょっとした謎《なぞ》である。

「明日は病院まで送りますから、泊まっていってください」

「やなこった」

間髪を入れずに、森住は答えた。

「どうせ、一睡もさせるつもりないくせに……っ」

お互いに勤務がすれ違ったり何だりで、しばらく、ベッドは共にしていなかった。あの森住の自宅玄関でのぎりぎりなやりとりがちょっと久しぶりだったのだ。

ものすごく悔しいが、貴志のテクニックにはすごいものがある。彼と関係を持って以来、他《ほか》の誰ともベッドは共にしていないが、それ以前の決して乏しくはない経験を思い返しても、貴志以上のテクニックの持ち主はいなかった。あの頭の芯《しん》からどろどろになるような凄まじい快感を森住に与えてくれたのは、貴志が初めてだったのだ。だから、何となく拒みきれないところがある。あの底なしの快楽を思い出すだけで、喉《のど》が鳴りそうになるのだ。

「そうでもないですよ」

貴志はふふっと笑う。わずかに犬歯ののぞく笑みで。

「あなたの寝顔も可愛《かわい》らしいですから。もちろん、眠る前の顔も可愛らしいですけどね」

「……うどんぶっかけるぞ」

森住はじろりと貴志を睨《にら》む。貴志は相変わらずきれいなドール顔で微笑んでいるだけだ。

「……明後日《あさって》ならオフだ」

森住はぼそりと言った。

「そんで、明日は日勤だ」

「わかりました」

貴志はあっさりと引き下がってくれた。

「それでは、明日。私も日勤なので、車でお連れします。センターに来てくださいますか？」

「りょ」

　森住は短く答えて、ずるずるっとうどんをすすった。


「……遅くなったぜ」

　結局、森住が日勤を終えたのは、午後八時を回った頃だった。

　普段の森住は、遅くとも午後七時前には、病院を出ることにしていた。医師という職業は、働こうと思えば、いくらでも働けてしまう。患者もナースも、医師がいてくれることを望むし、当直医だって、他に医者がいてくれればいいなと思っている。だから、初めから希望を与えないために、森住は自分の仕事が終わったら、さっさと退散することにしていた。

　しかし、今日は手術患《オペかん》が二人いた上に、一人の麻酔の切れが悪く、回復室を出るのが遅れてしまった。執刀医としては、やはり患者の容態の安定を確認してからでないと退勤はできない。というわけで、結局、病院を出たのは、午後八時半に近かった。

「あれ？　森住？」

まだバスはあるはずだと、バス停で立ち止まっていると、後ろから声をかけられた。

「宮津?」

振り返ると、ふかふかのパーカーを着た宮津が立っている。

「どうしたの? 遅いね」

「おまえに言われたくねぇよ」

「俺は遅番だもの。定時だよ」

宮津は可愛い顔で笑った。

「帰るの?」

「ああ。コンビニで買ったおにぎりで晩飯は食ったし」

定時上がりだったら、どこかで食べて帰ろうと思っていたのだが、あまりにお腹が空いたので、適当に食べてしまった。

「じゃあ、『le cocon』寄ってかない?」

宮津が言った。

「俺、これから行くから、一緒に行こうよ」

めずらしいこともあったもんだ。宮津の方から誘ってくるとは。店で会うことは結構あったが、一緒に行ったのは最初の一回だけだ。

「おまえはメシ食うんだろ?」

「脩一《しゅういち》さんが用意してくれてると思うから。森住も食べたいなら、電話で頼んであげるよ？」

「なーに言ってんだか」

森住は、宮津の頭を軽くぽんぽんとした。

「マスターのメシは、おまえのためだけだろ。俺、そこまで図々《ずうずう》しくないぜ」

でも、このままとぼとぼと帰るよりは、あの素敵な店で軽く一杯やって帰った方が、疲れが取れそうだ。

「よし、じゃ、おまえはメシ。俺は飲む。行くぞ」

二人は連れだって、歩き出した。


カフェ＆バー『le cocon』は、いつものように、住宅街の中にひっそりと佇《たたず》んでいた。看板も何もない大きなドアの小さな金のベルが、密《ひそ》やかな開店の合図。

「いらっしゃいませ」

ドアを開けると、ふわっとあたたかな空気が流れてきてほっとする。

「いらっしゃいませ」

〝え？〟

いつもなら、一つだけの「いらっしゃいませ」が二つ聞こえた。甘くハスキーな声。森住ははっとして、カウンターを見た。

「トムくん……」

「いらっしゃい、森住先生」

カウンターの中に、懐かしい顔があった。左目を長い前髪で隠した美少年もどきが、白いシャツに黒のベストというバーテンダースタイルで、カウンターの中に立っている。

「帰って……きたのか？」

思わず、口ごもってしまった。時間が巻き戻ったのではと思うほど、彼は変わっていなかった。もっとも、彼が突然姿を消してからまだ二年くらいなのだから、変わりようもないのだが。

「そんなに驚かないでください。森住先生」

藤枝がくすりと笑った。

「言っていましたでしょう？　トムが帰ってくるって」

「あ、そうだけど……はは……何か、目の前にしたら、びっくりしちゃって……」

トムは、相変わらずクールな眼差《まなざ》しで、森住を見ている。

「そんなお化けでも見たような顔しないでよ。足はちゃんとついてるよ」

「あ、ああ……」

「何にする？　僕、少しはカクテル上手《うま》くなったよ？」

「あ、ああ……じゃあ……トム・コリンズを」

トムがあははと笑った。

「森住先生って、意外とロマンチスト？　僕の名前のカクテル、オーダーありがとうございます」

フレッシュのレモンジュースとオールド・トム・ジン、砂糖をシェイカーに入れ、トムは鮮やかな手つきでシェイクした。藤枝はコンパクトなフォームでシェイカーを振るが、トムはもともとフレアをやっていたせいもあって、華やかなフォームでシェイカーを振る。その動きが、前よりも優雅な雰囲気になったような気がする。コリンズグラスに、シェイカーの中身を注ぎ、ソーダで満たし、レモンの輪切りを浮かべた。

「お待たせしました。トム・コリンズです」

「あ、ありがとう……」

藤枝は、宮津の前にいつものように晩ごはんを置いていた。今日のメニューはボルシチらしい。バルサミコ酢のいい香りがしている。

「元気だった？」

今日の店内は、めずらしくも常連以外で、席が占められていた。オーダーは一通り終わっていたらしく、トムは森住の前に、そのままいる。

「ああ。君も元気そうだ」

「あちこち遊んで歩いてるよ」

トムはにっと笑った。

「先生も相変わらず遊んでんの？」

「……人聞きの悪いこと言うなよ」

オールド・トム・ジンは甘みのあるジンだ。だから、トム・コリンズも甘みのあるロングカクテルである。ゆっくりとカクテルを飲んで、森住はトムを見つめた。

「相変わらず、美少年だな」

「でしょ」

トムはつけつけと言う。

「先生を誘惑した美貌《びぼう》だもん」

「なーにが誘惑だよ」

確かに、森住はトムが気に入っていた。頭の回転の速さも気に入っていたし、その目立つ美貌も気に入っていた。だから、幾度か誘いをかけ、一度は泊まりがけの旅行にも連れていった。しかし、不思議と彼とはキス以上の仲には進まなかった。そのキスだって、軽い挨拶《あいさつ》程度のもので、藤枝と宮津のような甘いものではなかったと思う。結局、彼とは恋人同士にはなれなかったのだ。

「なぁ、トムくん」

「何?」

トムは、藤枝をまねるように、ミネラルウォーターを飲んでいた。年も年なのだが、何だか、前より大人っぽくなった感じだ。

「ヨーロッパに行ってたんだろ?　どのへん?」

「イギリスがほとんどかな。やっぱり、バーの本場って感じだから、いろいろな店があるしね。あと、玲二とかマスターの伝手《つて》で、パリのカフェとかビストロもあちこち」

「イギリスって、ロンドンとか?」

トムは頷《うなず》く。

「だね。ウイスキーつながりで、スコットランドにも行ったよ」

「へぇ」

森住はおつまみに出されたドライフルーツを摘まんだ。

「ロンドンって、どんなとこ?　俺、行ったことなくてさ」

「ロンドン?　ずっと天気が悪いとこ」

身も蓋《ふた》もない。トムが人の悪い笑いを浮かべている。

「そういうのが聞きたいんじゃないよね。どうしたの?　急にロンドンに興味出た?」

「あ、いや……」

貴志の父親はイギリス人で、双子の兄である優真《ゆうま》はロンドンに住んでいる。いわば、イギリスは貴志のルーツの一端だ。

「ちょっと……な」

「あ、わかった」

ぽんと手を叩かれた。

「今つき合ってる子がイギリスフリークとか。あ、もしかして、イギリス人？」

カクテルを吹きそうになった。宮津が顔を上げて、こっちを見ている。

〝余計なこと言うなよ……っ〟

「そういえば、マスター。最近、ここに来ている外国人の彼、どこの人なの？」

カウンターの真ん中あたりにいた女性客が、藤枝に話しかけてきた。

「はい？」

宮津の前から、藤枝が滑るように移動してくる。

「外国のお客様はたまにいらっしゃいますが」

「何か、すっごい日本語が堪能《たんのう》な美形の男の人。いるでしょう？」

とんでもない方向から手榴弾《しゅりゅうだん》が飛んできた。森住はひっと頭を低くしてしまう。それをちらりと見て、トムが藤枝を見た。

「僕がいない間に、ニューフェイスが入ったのかな？」

「お客様のことは」

　藤枝がにっこりとして、唇の前に指を立てた。

「ここは『le cocon』です。くつろいでいただくための『繭』ですから」

　マスターにこう言われてしまっては、客もそれ以上突っ込めない。森住はあからさまにほっとして、ため息をついた。

〝あんまり、ここに一緒に来ない方がいいかなぁ……〟

　何せ、目立つ御仁だ。どこの店に行っても、衆目を集めてしまう。特に、この『le cocon』のように狭い店だと、貴志のような特別製の美貌は、まさにスポットライトのスター状態だ。

「貴志先生、チェック入れられてるねぇ……」

　宮津がこそっとささやいた。それをトムが聞き逃すはずもない。

「何？　新しい先生入ったの？」

「うん。センターにね。浅香《あさか》先生の後任なんだけどね……」

「宮津先生」

　藤枝のチェックが入った。恋人にも、唇の前に指を立てて見せる。宮津が可愛らしく、ぺろっと舌を出し、またせっせとごはんを食べ始めた。トムは聡明《そうめい》な瞳《ひとみ》で、じっと宮津と森住を見ていたが、軽く肩をすくめると、メジャーカップやシェイカーを洗い始めた。

「……イギリス人の日本語ペラペラの医者?」

ぼそっと言われた。森住ははっとして顔を上げてしまう。ちらっと視線を上げたトムとばっちり目が合ってしまった。

「イギリス人じゃねぇよ」

森住は低い声で言った。

「国籍は日本だ。日本生まれの日本育ち。ただ英米のハーフだ」

「なるほどね」

「何がなるほどだよ」

二杯目のトム・コリンズは、藤枝が作ってくれた。彼の作るカクテルの方が味がまろやかに感じる。

「イギリスの血が入ってると、結構つき合うの大変だよ」

うつむいたまま、トムがぼそぼそと言う。もともと、トムはハスキーな声をしていて、滑舌もあまりいい方ではない。

「すぱーんって、オープンじゃないからね。結構じわじわってくる感じ」

「……わかる」

思わず頷いてしまって、はっと顔を上げると、またトムがにんまりした。

「相変わらず、森住先生ってわかりやすいなぁ」

「トーム」

藤枝が低い声で言う。

「おまえ、少しは向こうで勉強してきたと思っていたんだがな」

「勉強してきたよー」

トムがにっと笑う。

「人の心の機微とか、推理力とかをね」


『ポタジェ』の春メニューは、野菜を中心としたものだった。メインも野菜寄りで、シューファルシのブレゼ。言ってみれば、フランス風のロールキャベツである。キャベツでファルス（詰め物）を包み、蒸し煮にするのだ。

「春野菜って、甘くて美味《おい》しいですよね」

貴志が微笑みながら言った。森住はもぐもぐと、しゃきっとした食感と柔らかな食感が同居している絶品のキャベツを食べている。中に詰められたファルスは、挽《ひ》き肉《にく》と玉ねぎ、ニンニク、タイムにごはんが入っていて、最初はちょっとびっくりした。米のとろみがファルスを滑らかにまとめて、口当たりがとても優しい。蒸し煮に使う鶏のフォンもこくがあって、キャベツとファルスをふわふわにまとめ上げている。

「でもさ、俺、何でも『甘い』って表現するの、好きじゃねぇんだよな」

森住はぼそりと言った。

「テレビとかでもさ、すぐに『甘い』って言うじゃん。甘ければいいのかって気がする」

「まぁ、甘みは旨《うま》みに繋《つな》がりますからね」

貴志が穏やかに言った。

「いちばん簡単で、わかりやすい表現なのだと思いますよ」

「簡単……ねぇ」

考えてみれば、自分だって『美味しい』としか言わないもんなぁと考え直す。理屈をこねずに、ただ美味しいものを味わえばいいのだと考え直した。

「ところで」

スプーンで皿に残ったフォンまできれいにさらって、森住は満足のため息をついた。その森住に貴志がゆっくりと言う。

「明日はオフだとおっしゃいましたよね」

つまらないことを言ったものだ。森住は臍《ほぞ》を噬《か》むが、一度言ってしまった言葉は取り消せない。渋々頷いた。

「……ああ」

「それなら、後の話は部屋でしましょう」

めた。

シューファルシのブレゼを食べ終わったフォークとナイフを置いて、森住は貴志を見つ
「はぁ?」

「何だよ、後の話って」

メシを食うだけじゃなかったのかと首を傾《かし》げると、貴志は一瞬真顔になった。

「なかなか話す場所が見当たらなくて。こういう時に、同じ職場でないと不便ですね」

「ここじゃだめなのか?」

『ポタジェ』の店内は広い上に、この席は半個室のようになっていて、周囲の視線から遮られている。予約でとれる席なのだが、そのリストのトップに貴志の名前があるらしく、二人で食事をする時は、いつもこの席だ。

「ここでもいいですけど」

きらりと瞳が妖《あや》しく輝いた。

「その後のことを考えると、ベッドがそばにあった方がいいでしょう?」

森住は、呆《あき》れた視線を送った。

「……あんた、やることしか考えてないのか?」

覚えたての中坊かと突っ込みを入れてみるが、優雅な麗人は眉《まゆ》一つ動かさない。

「それしか考えてないなら、初めから部屋に連れ込んでいますよ」

だから、その涼しげな表情で、下世話なことを言わないでほしい。つき合ってみてわかったことだが、貴志は、言葉を選ばないところがある。言いたいことをストレートに言うのだ。やりたいならやりたいと言うだけである。色気も素っ気もないようだが、この極上の容姿の力は大したもので、にっこり微笑みながら言われると、どんな言葉でも宝石のように思えてくる。

「……話の次第によっちゃ、やらずに帰るぞ」

「そうできるなら」

にっこり。

自分のテクニックに絶対の自信を持っている奴《やつ》ならではのお言葉である。

このまま、席を蹴《け》ってやろうかとも思ったが、後の話というのも気になる。貴志は嘘《うそ》はつかない人間だ。不穏な発言は多いが、基本的に嘘は言わない。彼が何か話があるというなら、本当に話があるのだろう。それも、職場では少々しづらい話だ。

「コーヒーとデザートは部屋でか？」

ちらりと視線を合わせて尋ねると、軽く頷いた。森住は肩をすくめる。

「……わかった」

部屋に入ると、いつもと違う気がした。場所は変わっていない。いつもの部屋だ。しかし、何かが違う。

「何か違う」

正直にそう言った森住に、貴志はにっこり微笑んだ。

「ええ。カーテンとカーペットが替わったんですよ」

言われてみると、オレンジ色だったカーペットがピンク色に変わっており、臙脂色《えんじいろ》だったカーテンがグリーンに変わっていた。部屋の中にいながらにして、敷き詰められた桜の花びらの上に立っているようだ。

「春仕様だそうです。四季で替えているんですね」

「へぇ……」

何せ、ホテルなんて、せいぜい二泊くらいが関の山で、そこに住むなど考えたこともない。だから、カーテンやカーペットが替わっても気づかない。定宿にしているホテルもないことはないが、前に来た時のカーペットの色なんて、覚えていない。客なんて、そんなものだ。それでも、こうやって手をかけて取り替えるあたりが、五つ星ホテルのこだわりなのだろう。

「コーヒーをいれましょう」

ジャケットを脱いで、クローゼットにかけると、貴志はシャツの袖《そで》をまくって、コーヒーをいれ始めた。森住はデザートとして持たされたオレンジのタルトを白い紙箱から出す。ちゃんとお皿にのせられたタルトには、フォークもついている。相変わらず、至れり尽くせりである。今回は盛りつけまでされている。

「あんた、ここから出る気はないのか？」

貴志がこのホテルに住み始めて、もう半年以上だ。長期滞在用のホテルではないはずである。

「ええ、今のところは」

貴志が涼しい声で答える。

「ここにいた方が、いろいろな意味で面倒がないことがわかりましたので。ここにいる限り、家族は安心していて、干渉してきませんから」

確かに面倒はないだろう。掃除も洗濯も、すべてホテルのサービスがやってくれるし、食事も問題ない。貴志曰《いわ》く、相当に高額な滞在費は払っているらしいが、家事労働がないとすれば、その負担と引き合うだろう。森住の自宅も、週に二回ほどハウスキーパーを入れているが、掃除しなくてすむだけで、かなり楽であるし、ハウスキーパーが来る日は頼んでおけば、晩ごはんも作ってくれるので、父は大喜びである。

「家族って……優真さんか？」

貴志の双子の兄の名を出すと、彼は少し微妙な表情をした。

「優真も入りますね。ここにいる限りは、いろいろと探りを入れてこないので、面倒はありません」

「探りを入れる？」

「ええ」

今日もコーヒーはいい香りだ。この香りの高さはモカマタリだろうか。

「アメリカにいた頃は、三日にあげず、電話やらメールやらしてきました。自分の目の届かないところで、私が何をしているのか、気になって仕方がないようです」

貴志は、優真は自分のことを好きではないと言うが、森住から見れば、優真は立派なブラコン野郎だと思う。何だかんだ言って、貴志を自分の視界の中に置きたいのだ。

「どうぞ。コーヒーがはいりました」

貴志は振り返ると、いつものように、マグカップにたっぷりとコーヒーをいれてくれた。

二人は向かい合って座ると、生のオレンジを惜しげもなく使ったタルトと少し酸味のきいたコーヒーを楽しんだ。

「『ポタジェ』のパティシエは、フルーツの使い方が上手いな」

「パティシエールですよ。女性なんです。支配人が探してきた人材と聞いています。洋菓子の専門学校で教えていたらしいのですが、強引に引き抜いてきたらしいです」

「へぇ……」

『ポタジェ』のケーキは、みな大きめだ。甘すぎないので、大きめのカットでもぺろっと食べられてしまう。今日のケーキも美味しく食べて、森住はコーヒーを一口飲んだ。

「で？」

「はい？」

貴志もほぼ同時に食べ終わっていた。食べるスピードの一致も、美味しく食事のできる相手の条件だ。自分ばかり早く食べ終わっても、相手が早くても、ばつが悪いものである。その点で、やはり貴志は最高のパートナーなのである。大変に悔しいことに。

「後の話って何だよ。特に何もないとか言ったら、帰るからな」

「それは困ります」

くすりと笑って、貴志は立ち上がり、コーヒーメーカーからサーバーを外した。残っていたコーヒーを二人のカップに注ぎ分け、そのカップを持って、森住の隣に移動してくる。

「べ、別にこっちに来なくていいぞ」

「話は近い方がいいですよ」

「内緒話じゃねぇだろうがっ」

ホテルの一室である。とんでもなく広い部屋ではあるが、声が聞こえないほどではない。

「こらっ、くっついてくるなっ」

何が嬉《うれ》しくて、この広い部屋で、いい年の男二人がソファにくっついて座ってなきゃならないんだ。しかし、貴志はまったく意に介さない。森住の隣に座り、深々とソファに身体《からだ》を沈めて、ゆっくりとコーヒーを飲んだ。そばに来ると、彼の素肌から香る花の香りが感じられるようになる。彼の香りは、この部屋に備え付けられているシャワージェルのものなので、女性ものらしいのだが、とてもいい香りがする。持ちもよく、しつこくないふんわりとした香りが続くのだ。

「今日の午後ですが、ショックを起こした患者が救急搬送されてきました」

唐突に仕事の話になった。森住は慌てて、しゃんと背を伸ばす。

「あ、ああ……」

「昨日、整形外来にかかっていた方です。症状は右膝《みぎひざ》の激しい痛みと発熱です」

「膝の痛みと発熱……」

貴志はコーヒーを一口飲んで、軽く唇を湿らせた。彼は顔を上げ、森住をじっと見つめる。美しい瞳は冴《さ》え冴《ざ》えと澄んで、森住をその瞳の中に閉じ込める。

「カルテを見るかぎり、整形外科で施した処置は特になく、検査はレントゲン撮影のみで、鎮痛剤の座薬を処方して終わっています」

貴志は淡々と言った。その抑揚の少ない口調は機械音声じみていて、彼が赴任したばかりの頃によく聞いた独特の口調だった。

「ちょい待ち」

森住は軽く手を開いて、ストップをかけた。

「昨日の外来は、俺も出ていたが……」

「その患者を診《み》たのは、あなたではありません」

貴志は、森住の目を見て言う。

「あなたなら、その患者を診て、ただの変形性膝関節《しつかんせつ》症などと診断しなかったでしょう」

激しい関節痛、発熱、そして、その後のショック……。

「……細菌性関節炎か……」

森住は呻《うめ》くように言った。

「敗血症を起こしたんだな……。敗血症性ショックだ。大丈夫だったのか……？」

「センターで抗菌剤を投与して、そのまま入院になりました。私が退勤する時に一応確認しましたが、容態は落ち着いているようです」

「そっか……」

迂闊《うかつ》だった。いつもなら、帰る前に病棟は必ずチェックするはずなのに、今日は手術患に気を取られて、そのチェックがおろそかになっていた。

「すまない。入院したのに気づかなかった」

「あなたに謝ってもらうために、この症例の話をしたわけではありません」

貴志は淡々とした口調で続ける。

「たぶん、もうおわかりでしょうが、この患者を最初に診察したのは、袴田《はかまだ》先生です」

袴田は、森住が上級医を務めている後期研修医だ。頭は悪くないのだが、ちょっと融通の利かないところがあり、また、自己評価が高すぎることが気になっていた。篠川や神城と同じT大の出身で、彼らに憧《あこが》れていることは見ていればわかったが、気になったのは、彼らと自分を同一視しているところだった。

篠川も神城も、確かに目立つ存在だ。医師としての優秀さはもちろんだが、颯爽《さっそう》とした雰囲気と人を惹《ひ》きつけるカリスマ性がある。研修医が憧れるのは当然である。しかし、彼らだって、一朝一夕で、あのような存在になったわけではない。辛酸をなめていた時期ももちろんあるし、今だって、日々いろいろなものと闘いつつ、しっかりと顔を上げて立っている。そのあたりの苦労をまったく見せないのがまた、彼らのすごさでもある。

「以前に、袴田先生はあまり臨床には向かないと申し上げましたが、それは撤回します」

「へ？」

「彼は、医師に向いていません」

マジで言ってんのかと顔を見ると、彼は完全な真顔だった。冗談で言っているわけではなく、本気で言っているらしい。

「えと……」

「関節の激痛と発熱なら、まず細菌性関節炎を疑うのは、整形外科医のセオリーでしょう。そこに頭がいかずに、七十代という患者の年齢から、変形性膝関節症と決めつけてしまう。外来を早くさばくことにばかり意識がいって、患者一人一人をきちんと診ていない。病院として、こんな医者を外来に置いておいてはいけないと思います」

貴志の澄んだ声と澄んだ瞳に射貫《いぬ》かれて、森住は言葉を失っていた。

こんな風に、彼が怖くなることがある。いろいろとつかみ所のない人物で、どこか現実離れのした、夢のような存在に感じられてしまう貴志だが、たまにぐさりと胸を突き刺すような正論をまっすぐに吐いてくることがあるのだ。

「……すまない」

森住は思わず謝ってしまっていた。

「俺の……指導不足だ」

「ですから」

貴志は手を伸ばして、森住の頰《ほお》を軽く包んだ。滑らかで、ひんやりとした手だ。

「あなたに謝ってほしいわけではありませんし、私に謝ってほしいわけでもありません。あなたのすべきことは、上級医として、彼を指導することです。彼が自分の間違いを認め、患者さんに謝罪し、正しい医師としての道を歩いていけるように、指導することです。彼の間違いを正さずに、このまま進んでいったら、恐らく、遠くない未来に、彼は取り返しのつかない事態を引き起こすと、私は考えています」

透徹した知性。決してぶれない正義感と医師としての矜持《きょうじ》。

確かに、彼の言葉は正論すぎて、現実に即していないかもしれない。しかし、理想の一つも持たずに、医者をやっていられるか。外面をなぞるだけでなく、深く入り込んで、その中で理想を掲げて闘っていく。それが貴志の持つ、独特の雰囲気の正体だ。仕事に没入した時、彼の後ろに青い炎が見えることがある。彼が正しいと思う方向に一気に走り出す時、彼は触れたら切れそうな、燃え落ちてしまいそうな強烈なエネルギーを発する。

「俺の一存でどうこうはできないが」

森住は低い声で言った。

「医長の駒塚《こまつか》先生に相談してみる。奴がトラブルを起こしたのは、これで二回目だ。本人に反省がなければ、それなりの対処を考えなければならないだろう」

聖生会《せいせいかい》中央病院は、人手不足にかこつけて、医師に対して甘い対処をするような病院ではない。事実、研修医を大学に叩き返したこともある。

「たまに、あんたがまぶしくなることがある」

森住は正直に言った。

「どうやったら、そんな風に純粋に考えられるんだろうな」

　こんな時、自分は世俗の垢《あか》にまみれてしまったなと思う。いつの間にか、ルーティンワークの海に溺《おぼ》れて、大切なことを見落としてしまう。医師としてのメンタリティを考えると、貴志は森住よりも、森住の父に近いようだ。

「別に純粋じゃありませんよ」

　貴志はふふっと笑った。

〝あ、怖い笑いになってる……〟

　貴志の全身が医師でできているわけではなく、身体の隅っこに、人間よりも悪魔寄りの部分があるなと思うのは、彼のこんな顔を見る時だ。まったく複雑怪奇な御仁である。医師としての彼は尊敬に値するのに。

「私は、医師としての自分と貴志颯真《そうま》個人としての自分を切り分けているだけです。さて、医師としての話はここまでです。ご理解もいただけたようなので、ここからは、プライベートな時間です」

　思わず、ソファの上で後ずさりしてしまった。しかし、その分だけ、彼がにじり寄ってきただけだ。結果的に、ソファの隅に追い詰められる。

「いや、医師モードだけでいいぞ」

　うん、やっぱりこうなるんだよな。わかっていたのだが。

「俺、あんたの食事モードと医師モードは、結構気に入ってるんだけどな」

「ついでに、プライベートモードも気に入ってください」

ソファのぎりぎりまで追い詰められ、彼の長い腕がするりと背中に回ってきた。ぐっと引き寄せられ、吐息が触れそうなほど、顔が近づく。瞳の色がオリーブグリーンから透き通る金色まで、きれいなグラデーションになっているのがはっきりわかるくらいに顔が近づいても、まったく瑕疵《かし》のない素晴らしい美貌だ。美しいもの好きの森住が、ついうっかり見とれてしまうくらいの。

「……っ」

少し尖《とが》った舌先が軽く森住の唇を舐《な》める。舌先で唇を愛撫《あいぶ》されて、腰の下あたりがきゅっと疼《うず》いた。

「……えっちくさい真似《まね》すんなよ……っ」

ようやく文句を言った先から、舌先が触れ合ってしまい、その生々しさに、どきりと胸が音を立てる。

「今夜は泊まっていくんでしょう?」

コンタクト系の武道をやっているのに、なぜかするりとしなやかな指が、森住の太股《ふともも》をすうっと撫《な》で上《あ》げた。軽く指先に力を入れているので、その感触がリアルでダイレクトだ。まるで、素肌を撫でられているかのように。

「バスルームに、新しいシャワージェルを用意しておきました」

森住の唇に軽くキスをして、貴志は言った。

「あなたが気に入られたようなので、モルトンブラウンのメンズを用意させました」

「……あのなぁ」

ちなみに、この部屋はダブルベッド一台のスイートルームだ。そこに泊まるとしたら、当然同衾《どうきん》するわけで、しかもメンズをわざわざ用意するということは、泊まるのは男なわけで。考えるだけで、頭が痛くなりそうだ。

「……風呂《ふろ》入ってくる」

森住は貴志を押しのけると、立ち上がった。情けないことに少しふらついてしまう。貴志の指先には、何か媚薬《びやく》のようなものがついているらしい。彼に触れられ、太股を着衣の上から撫で上げられただけで、下半身が重くなって、足の方まで痺《しび》れが広がってしまう。

「どうぞ、ごゆっくり」

耳元に、ささやきと共にキスをされる。

「磨き上げてきてください」

「いい香りですね」

いつものように、ふかふかのブランケットにくるまってうつらうつらしていると、ふわっと甘い花の香りに包まれた。すべすべとした柔らかい素肌が寄り添ってきて、バスローブの前に手を滑り込ませてきた。

「うわ……っ」

とろとろと眠りかけていたところが軽く揺さぶられて、びくりと目覚める。

「ここはちゃんと目が覚めてるみたいですよ」

くすりと笑って、貴志が森住の首筋に顔を埋《うず》めてきた。後ろから森住を抱きしめて、バスローブのベルトを解《ほど》き、胸に手を滑らせる。

「ここもね」

するっと乳首の先を撫でられて、喉が鳴った。

「そこ……やめろ」

思わず、その手を押さえてしまう。背後で、魔王がくっと笑った。

「弱いですよね、ここ。この前も、ここだけでイキそうになってたでしょう?」

耳たぶに軽く歯を当てながら、彼は容赦なく、滑らかな指先の腹で、くっと硬くなり始めている乳首の先をするすると撫でる。

「う……く……っ」

一気に下半身に血流が集まるのがわかった。かっと熱くなって、じんじんと痺れてく

る。とろりと溢《あふ》れた蜜《みつ》を指先ですくわれて、また喉元がびくりと震えた。

彼に逆らえない理由が何となくわかってきていた。彼の愛撫とかセックスには、容赦というものが一切ない。徹底的に、一方的に快感を送り込んできて、精も根も尽き果てたところで好き放題にされるのだ。人間の体力とか忍耐力には限界があって、そこを快楽の波で一気に突き崩されると、もう抗《あらが》うことはできなくなる。

「あなたのいいところ、ずいぶん覚えましたよ」

彼の声が、最近甘くかすれるようになった。ふわっと吐息混じりのささやきを耳に送り込まれると、それだけで溶けそうになることがある。もっとも、彼のことだ。それも意識してやっているのかもしれない。

「アスリートって、自分の身体の感覚に敏感ですよね。だから」

ぐいと怖くなるような力で、身体を返された。ベッドに沈められ、カーペットの上にバスローブが放り出される。

「うわ……っ」

髪を解いた彼が、真上から見下ろしてくる。金とも銀ともつかない不気味な色に輝く瞳。肩先からこぼれる金髪混じりの栗色《くりいろ》の髪。少し陰になった、彫像のように美しい顔が、にいっと怖い笑みを浮かべていた。

「こうやって、軽く触るだけで」

「……っ」

軽く肩を押さえて、乳首の先を舌先で嬲《なぶ》られる。

「身体が反応する」

身長がほぼ同じということは、身体を重ねた時に触れる場所も同じということだ。お互いのものが触れ合って、くっと力をため始めているのが、リアルにわかる。そして、自分のものの方がより張りつめていることも。

「シャワージェルは」

耳元に唇を触れさせ、ちろりと出した舌先でつつきながら、彼がささやく。

「オレンジ&ベルガモットを選びましたが、あなたの匂《にお》いに合いますね」

「俺の……匂い？　ん……っ」

滑らかな手のひらで、するりと、形を変えているものを撫で上げられた。きゅっと先の方を絞られて、声を上げそうになってしまう。

「あなた、とてもいい匂いがするんですよ。甘くて、クリームみたいな。気づきませんでしたか？」

知るか。

一気に血の巡りがよくなって、自分の肌が熱くなるのを感じる。確かに、適度なセックスは身体にいいのかもしれない。彼がセックスをスポーツという意味がわかる気がする。

しかし、それも程度問題で、こんな風に森住が泣きを入れて、ほしがるまで焦《じ》らされるのは、身体よりも精神衛生上よろしくないと思う。

「特に、こんな風に体温が上がってくると、くらくらするくらいいい匂いがします」

「フェロモンがあんのは……」

彼の肌からは、花のものすごくいい香りがする。それこそ、くらくらしそうな香りだ。

「そっちだろうが……っ」

彼の長い指が、繰り返し森住のものを撫で上げ、撫で下ろす。ぐうっと大きくなってきたものを、しつこいくらいに微妙なタッチで撫でさすり、先の方をかりっと爪《つめ》で弄《いじ》られて、悲鳴のような声を上げてしまった。

「う……わ……っ」

両足を大きく広げられた。股関節《こかんせつ》を上手く決められてしまったらしく、閉じることができない。整形外科医としては、まさに痛恨の極みである。ひんやりと冷たいゼリーをまといつかせた指が、ひくつき始めたところをほぐしていく。

「じゃあ、私のフェロモンとかいうものに、たっぷりと酔っ払ってください」

彼のしなやかな身体が覆《おお》い被《かぶ》さってくる。気持ちのいい重みが身体にかかった瞬間、溶け落ちそうに熱いものに貫かれた。

「く……う……っ！」

一気に擦《こす》り上《あ》げられて、声を上げる間もない。強い両腕で腰を抱え上げられて、奥の奥まで犯された。

「俺を……っ」

いちばん奥をいきなり突き上げられて、思わず仰《の》け反《ぞ》ってしまう。

「殺す気か……っ！」

彼を怖いと思うのは、本能のレベルでやることに、躊躇《ちゅうちょ》や容赦がないことだ。彼のセックスには一切の妥協がない。自分の衝動のままに、相手を蹂躙《じゅうりん》する怖さがある。しかし、それには、底なしの快楽も常にセットでついてくる。続けざまに揺さぶられて、頭の中が真っ白になった。

「あ……っ、あ……っ、ああ……っ！」

「どんどん反応がよくなっていますね。あなたの中が悦《よろこ》んでいる」

恥ずかしいセリフをささやかれても、何も言い返せないのが悔しい。反射的に精を放ちそうになってしまって、それだけはさせるかと耐える方向に、わずかに残った意識がいっているのだ。

貴志と森住のセックスは、快楽を分かち合うというよりもむしろ、身体を重ねること＝《イコール》闘いの側面がある。お互いをねじ伏せようとする一面があるのだ。

「一度出してしまった方が楽ですよ？」

「余裕……ぶっこいてんじゃねぇ……っ！」

思い切り締め上げてやると、さしもの魔王も眉をひそめた。そんな軽い苦痛の表情にも滴るほどの色っぽさがあって、それにまた反応してしまう自分の身体が恨めしい。

「早く、終わらせたくないようですね」

くっと彼が笑う。そして、ふっと身体の力を抜き、じわりといちばん感じるところを刺激してくる。勢いよく、力尽くでやるより、性感に訴える方向にギアチェンジしたらしい。

「夜は長いですよ」

魔王の恐ろしい一言に、森住は声にならない悲鳴を上げていた。

〝一晩中やる気かよ……っ〟

お互いの体力上、それが不可能ではないことが、何よりも怖かった。

ACT 3.

聖生会《せいせいかい》中央病院救命救急センターは、救急車を受け入れるという都合上、外とはドア一枚で繋《つな》がっている。大きな自動ドアを開けると、そこはもう外である。

「あったかくなりましたよねぇ」

そのドアのそばに立って、のんきな口調で言ったのは、救命救急医の井端里緒《いばたりお》だ。センター唯一の女医である井端は、忙しい仕事の合間を縫って、ようやくフライトドクターの研修を終えた。彼女よりも先に、ここに配属される以前に研修を受けていた救命救急医の立原光平《たちはらこうへい》がフライトするようになり、井端はずいぶんと焦っていたのだ。

「やっと春って感じ」

「もう桜も咲いてるんだぜ？」

今日はセンター夜勤の森住《もりずみ》が笑いながら言う。

「春らしいって思えるのは、三月くらいだろ？」

「フライトドクターは上空に上がるので、結構寒い思いをするんですよ」

もう一人の夜勤である貴志《きし》がさらりと言った。

「雪が降るようなところだと、冬はあまり飛ばないらしいですが、このあたりは冬の方がよく晴れるくらいですからね。寒いと感じる時期は長いと思いますよ」

「貴志先生はフライトなさらないんですか？」

井端に尋ねられて、貴志は軽く首を横に振った。

「今のところは考えていません。フライトドクターは特殊な仕事ですし、私には向かないと思っていますので」

「向かない？　貴志先生に向かないお仕事なんてあるんですか？」

きょとんとして言った井端に、貴志はうっすらと微笑《ほほえ》んだ。

「ええ。乗り物酔いするんです」

「うっそぉ！」

欠点などなさそうな貴志の意外な言葉に、井端はびっくりしている。

「でも、先生、車通勤なさってますよね……」

「バスや電車に乗るよりマシですから」

〝嘘《うそ》つけ〟

アメリカに留学していたということは、飛行機には乗ったはずだ。

これは森住の想像なのだが、貴志はある程度腰を落ち着けて、しっかりとした設備の下《もと》で、しっかりとした処置や治療をしたいタイプなのではないだろうか。フライトドクターは、患者の下に赴き、ぎりぎりの設備や装備で、応急処置を行う。センターでは、神城《かみしろ》がそうした緊急事態に強く、また、そうした場に赴くことを好む。これは医師としてのタイプの違いだ。どちらも、自分の適性をよくわかっているのである。

「患者さん、入ってきました」

医師たちがのんびりとしているところにやってきたのは、夜勤ナースの筧《かけい》である。

「発熱と腹痛です。ブースの方にご案内しますか？」

「私が診《み》ましょう」

すっと貴志が踵《きびす》を返した。

「ブースの一番にお願いします」

「はい」

筧が小走りに去っていき、その後を貴志が追っていく形になった。森住が電子カルテのリストを見てみると、患者は次々に入ってきている。今までは比較的暇だったが、午後十時近くになって、急に忙しくなってきたようだ。

「俺たちも行くか」

「はぁい」

森住に言われて、井端が頷《うなず》いた。

その患者が搬送されてきたのは、午前八時近い頃だった。センターは日勤帯に入っていたが、今日は日曜日で、病院の休診日である。夜勤の貴志と井端は、そのまま日勤に入るシフトになっていた。二人が残っているので、夜勤のみの森住も何となく帰りづらく、夜勤から持ち越しの患者もまだいたので、センターをうろうろしていた。

「アナフィラキシーショック?」

救急隊からの連絡を受けて、井端が待機している。そこに森住はひょこひょこと寄っていった。

「何?」

「蜂《はち》に刺されたそうです。五分くらいでじんましんが出て、顔が膨れ上がり、息ができなくなったとのことです。救急隊が接触した時には、もう意識がなかったそうです」

「蜂刺症か……」

「森住先生」

後ろから呼ばれて振り返ると、やはり夜勤から残っていた筧が立っていた。

「暇なら、患者さん診てください。骨折疑いの方が、病院から回されてきます」

休日は、センターだけではなく、病院でも休日外来を診ている。風邪などの軽症は病院の方で診てもらっているのだが、そこに骨折疑いが振り分けられてしまったらしい。

森住はくるっと身体《からだ》の向きを変えた。

「骨折ってどこの？」

「右前腕ですね。八歳の女の子だそうです」

「うは、子供か。ギプスですむといいが……」

その時、救急車のサイレンが聞こえ始めた。


骨折の子供は、結局手術適応となり、シーネ固定で入院となった。森住は自分が主治医になることにして、入院指示を出し、患者を病棟に上げることにした。

「さてと」

一通り指示を終え、ブースを出て、初療室に視線を向ける。

「救急車入ったんだ」

「はい。井端先生が診てくださっています」

通りかかった日勤のナース、南《みなみ》が言った。

「先生、もう八時半ですよ。朝ごはん食べました？」

夜勤から日勤に入る井端と貴志には、検食の朝食があるが、夜勤のみの森住にはない。

「いんや。何か食って帰るわ。井端先生の方どう?」

言いながら、ぱたぱたとサンダルを鳴らして、こちらに背を向けている井端に近づく。ストレッチャーにのせられている患者は、男性のようだった。意識はないという連絡だったが、今見ると意識はすでに戻っていて、しっかりしているようだ。顔は真っ赤で、痛々しく腫《は》れ上《あ》がっているが、呼吸も苦しそうには見えない。

「筧くん」

井端の声がした。森住も何となく、耳を澄ませる。

「酸素10l《リットル》、ルート確保して、ラクテック全開ね」

「はい」

「それから、ボスミン1A《アンプル》側注」

〝え〟

森住ははっとした。

「マジか」

思わずつぶやき、素早く駆け寄ると、救急カートにあるボスミン(アドレナリン)のアンプルをカットしようとしている筧の肩を摑《つか》んだ。

「切るな」

森住は短く、低く言った。

「過剰だ」

筧はすぐに手を止めた。反応の早さはさすがだ。それとも、彼もこの指示には疑問があったのか。筧を止めると、森住はすぐに井端の腕を軽く摑んだ。

「森住先生……」

「ちょっとこっち」

患者の耳が届かないところに井端を連れていく。

「何ですか？」

「ボスミンは過剰だ。酸素もあの呼吸なら必要ない」

井端よりも森住の方が年上で、整形外科といえども、このセンターを手伝っている期間は長い。経験している症例の数は、常勤の井端の方が多いだろうが、キャリアは森住の方が長いのだ。

「もう患者は症状の底をついている。これ以上の悪化はない。ここでボスミンを入れたら、過剰投与だ」

「でも」

井端が不服そうに顔を上げた。

「アナフィラキシーショックからは、完全に回復していません。ボスミンはアナフィラキシーショックの特効薬ですし……」

「窒息の危険ももうないだろ？　ボスミン1Aの側注はやりすぎだ。輸液だけで様子を見ていいと思う」

井端は黙っている。彼女は救命救急医であり、森住は専門外の整形外科医だ。その上、フライトもするようになって、自信を持ち始めている。できたら、その自信を潰《つぶ》したくはなかったが、患者の命がかかっている。森住は二度ほど、この過剰投与を見ていた。

「……私はセンターの医師です。森住先生より、たくさんの症例を見ています」

〝だよな。そう言いたくなるよな〟

森住は軽く天を仰いだ。若い医師の扱いが難しいと感じるのはこういう時だ。森住自身もまだ三十歳と若い。これが篠川《ささがわ》とか神城くらいなら、押さえもきくのだろうが、森住クラスではまだ無理ということか。

「俺の言うことが信じられないなら、せめて、貴志先生の指示を仰いでくれ。頼むから」

井端が唇を噛《か》んでうつむいた。筧がこちらを見ている。そして、彼は初療室をすっと横切っていった。

「井端先生」

あまり、患者を放っておきたくない。森住はそっと井端を促した。

「あのさ……」

「どうしました」

よく通る涼しい声が、この時くらい嬉《うれ》しかったことはないと思った。振り返ると、貴志のすっきりと澄んだオリーブグリーンの瞳《ひとみ》が、森住と井端を見つめていた。

「アナフィラキシーショックの患者さんなら、もう落ち着いていますよ。バイタルも正常値に近づいていますし、呼吸も問題ありません。このまま少し様子見で、帰宅もできると思います」

貴志の後ろを見ると、筧がひょこっと顔をのぞかせていた。恐らく、森住と井端の様子を見ていた筧が気を利かせて、貴志を呼んでくれたのだろう。

〝さすが、神城先生を顎《あご》で使うスーパーナース……〟

「あの、貴志先生」

井端が言った。

「あの患者さんに、アドレナリンの投与は不要でしょうか」

「どういう投与方法を考えていましたか？」

貴志が柔らかい口調で言った。井端が少し安心したように答える。

「23ゲージでルート確保して、ラクテック全開で投与していましたので、そこに側注で1Aを……」

「心臓止まりますよ」

貴志がばっさりと切った。井端がひっと押し黙る。

「このセンターではどうだか知りませんが、私の経験上、ボスミン1A側注は、心肺停止以外にはあり得ません。アナフィラキシーショックに対するボスミン投与は、その重症度によります。吸気性喘鳴《ぜんめい》がなければ、まず必要はないと考えます。もしも、バイタルが安定していないなら、0・3ccを皮下注で投与。吸気性喘鳴があったら、同量を筋注。それで軽快しなければ、1ccを生食10ccで希釈して、そのうちの1ccを静注。このあたりがセオリーになるでしょう。どちらにしても、1A側注はあり得ない指示です」

こういう時の貴志は容赦がない。決して叱責《しっせき》する口調ではないのだが、言っている内容はめちゃめちゃ厳しい。

「私も文献上でしか知りませんが、アドレナリンの過剰投与で、心室細動から心肺停止、死亡に至った事例があります。参考までに」

その場で動けなくなってしまった井端を気遣いながらも、森住は患者を診るために、そこを離れた。

「どうですか?」

ストレッチャーに横たわった患者は、すでに顔の赤みも引きかけ、身体のじんましんも消え始めていた。

「息は苦しくないですか?」

「……はい。死ぬかと思いましたけど、もう……大丈夫です」

壮年の男性患者だった。カルテを見ると、農作業中に蜂に刺されたのだという。

「もう少し様子を見て、落ち着くようなら、帰宅できると思います。蜂には気をつけてくださいね。こういうのをアナフィラキシーショックと言いますが、命に関《かか》わることもありますので」

「はい……」

カルテに追加の指示を打ち込んで、森住は患者を筧に任せて、再び井端の下に戻った。ちょうど患者も途切れたので、貴志は医局に引っ込んだようだ。

「井端先生、大丈夫か？」

初療室の片隅にぼんやり立っている井端に、森住はそっと声をかけた。

「あの……何か、ごめんな」

篠川なら、もっと凄《すさ》まじい罵詈《ばり》雑言《ぞうごん》が並ぶだろうが、貴志の物言いも相当くるものがある。正論を、あの機械音声じみたクリアな声と、ドールめいた表情に乏しい美貌《びぼう》で淀《よど》みなく言われるのだ。人間と話し合っている感覚がなくなって、何も言い返せなくなってしまう。

〝うん、気持ちはすごくよくわかる……〟

「すみませんでした……」

井端がぽつりと言った。

「私……いい気になってました。患者さんを……死なせてしまうところだった……」

「い、いや、謝ることはないよ」

森住は慌てて言った。

「俺に謝ることじゃないよ」

「森住先生……」

井端がしょんぼりとうつむく。

「先生、私よりずっとセンターに向いてそう……」


泣き出しそうになっている井端を慰めて、森住はぐったりと疲れた気分で、貴志の医局のドアをノックした。

「はい、どうぞ」

相手が誰かわかったのだろう。すぐに返事が返ってきた。ドアを開けると、コーヒーのいい香りがしている。

「コーヒー入ってますよ」

自分の行動が読まれていたようで、ちょっと悔しい。いろいろとくたびれたので、貴志の医局にある美味《おい》しいコーヒーを飲ませてもらってから、帰ろうと思ったのだ。

「お疲れ様でした」

「はい、お疲れ。てか、俺は帰れるからいいけど、あんたはまだなんだろ？」

「ええ。このまま日勤ですから」

香り高いコーヒーをカップに注いで、貴志は森住に差し出してくれた。それを受け取り、森住はソファに座る。ベッドにも変身するソファは、貴志の部屋にあるものとは座り心地がまったく違うが、贅沢《ぜいたく》を言っても仕方がない。

「もしよろしかったら、朝食はホテルに行かれませんか？　用意させておきますよ」

「いや、いいよ。『le《ル・》 cocon《ココン》』にでも寄って帰るから」

カフェ＆バー『le cocon』では、モーニングもやっている。あまり知られていないが、とても美味しい朝ごはんが食べられるのだ。

「しかし……あんた、容赦ねぇな」

森住が苦笑しながら言うと、貴志は何のことかという顔をしてから、頷いた。

「井端先生のことですか。当たり前のことを言っただけで、別に叱責はしていませんよ」

「ある意味、叱責以上だと思うぞ」

貴志の指摘は厳しかった。医者にとって、何がいちばんこたえるかというと「患者が死ぬ」と言われることだ。自分の処置によって、患者が死ぬ。それが医者にとって、いちばんの恐怖である。それを貴志は井端に対して、ばっさりと袈裟懸《けさが》けにする勢いで言ったのだ。

「相当来たみたいだぞ。俺の方がセンターに向いてるとか言って、しょんぼりしてた」

「そうですね」

デスクの椅子《いす》に座って、貴志はコーヒーを飲みながら言った。

「井端先生と比べてどうこう言うつもりはありませんが、確かに、あなたは救命に向いていると思いますよ」

「へ？」

デスクの引き出しを開け、貴志はキャニスターを取り出した。カーキ色のキャニスターを開けると、中から出てきたのはキャンディだった。

「いかがです？」

「何？　飴《あめ》？」

「薔薇《ばら》のキャンディです。優真《ゆうま》が送ってきたんですよ」

「げ」

貴志の双子の兄である優真は、ロンドン在住だ。去年の暮れにやってきて、さんざん引っかき回して帰っていった。

「ホテルの常備品にどうかと言ってきたんですよ。一ついかがです？」

「……食べる」

とりあえず、糖分を身体に入れて、血糖値を上げたい。一つ一つ包まれたキャンディは透き通っているが、中に薔薇のペタルが入っていて、可愛《かわい》らしい。包み紙を剝《は》がして、口に放り込むとふわっと薔薇の香りがした。キャンディ自体は少しレモン風味のシンプルな味わいだ。

「うん、美味しいな」

「優真は結構口がおごっていますからね。まずいものは送ってきませんよ」

男二人で薔薇のキャンディをなめながら、コーヒーを飲む。やや不思議な空間である。

「で？　何で、俺が救命に向いてるって？　俺、センター手伝って結構長いけど、そんなこと言われたの、一度もないよ」

「そうですか？」

貴志は不思議そうに言った。

「篠川先生や神城先生は、目が確かですから、そうお考えになっていると思いますが」

「そんなことないだろ。篠川先生あたりには、俺、単なる便利な奴《やつ》くらいにしか思われてない気がする」

「そういえば、センターが人手不足になると、篠川先生はまずあなたに連絡してますね」

貴志が微笑んだ。

「それが信頼の証《あかし》だと思いますよ」

「はぁ？」

「篠川先生は、使えない人間に仕事を振りませんよ」

さらっと言われた。

「あなたなら、急に仕事を振っても大丈夫だという、絶対の信頼があるのだと思います。整形外科は、神城先生が逆にヘルプに入っているくらいですから、人手が足りないですよね。だから、あなたをセンターにほしいと言えないのでしょう」

森住はかりかりとキャンディを噛み砕いて飲み込み、コーヒーを一口飲んだ。壁に掛かっている時計を見ると、午前九時に近い。そろそろ朝ごはんを食べたい。

「そう言われてもね。俺、整形の仕事、好きだし」

コーヒーを飲み干して、森住は立ち上がった。

「そろそろ帰って寝るわ。悪いな」

貴志はまだこれから一日の勤務がある。

センターの勤務は嫌いではなかった。森住は変化のある仕事の方が好きなので、予約外の飛び入りも積極的に診ている。整形外科なんて、飛び入りの新患を診てなんぼだと思っている。整形外科の完全予約制って何だよって思っている。センターは予約なんかなく、急患が次々にやってくる。外来も枠が決まっているわけではなく、三診が立っていて、その日のシフト内で回している。そんな流動的な仕事の仕方が嫌いではない。自分の体力と知力をぎりぎりまで使う仕事は好きだ。

〝俺も、親父《おやじ》のこと言えないかも〟

父のように家にも帰らないようなワーカホリックではないが、病院にいる限りはずっと動き回っているし、どんな患者も診る。

〝センター勤務か……〟

今まで、考えたこともなかった。事実、整形外科はぎりぎりで回している状態だし、若手が少なく、森住のようなオールラウンダーがあまりいないので、どうしても、勤務は偏ってくる。センターなら、全員がオールラウンダーのようなものだから、かえって負担は減るかもしれない。

立ち上がったまま、ぼんやり考えていると、ふんわりと、背中に体温を感じた。

「へ？」

いつの間にか、魔王殿も立ち上がっていて、森住を後ろから軽く抱きしめていた。

「わわっ」

「色気のない声を出さないでください」

背後でくっくっと笑い、首筋に唇を触れてくる。

「センターに来れば、個室の医局がもらえますから、こういうこともし放題ですが」

篠川が聞いたら、目を三角にして罵倒《ばとう》してきそうなことをぺろっと言って、貴志は森住の耳の後ろに唇を滑らせ、きゅっときつめに吸った。

「……っ」

スクラブの中に滑らかな手がするりと入り込み、素肌を撫《な》でながら這《は》い上《あ》がってくる。

「おい……っ」

窓のブラインドは閉じているが、どう見ても時計は朝の九時で、盛っていい時間ではないと思う。

「……あんた、寝不足だと、そっちの欲が高まる方なのか？」

昨夜の夜勤はそれほど忙しくはなかったのだが、貴志は仮眠を取った気配がなかった。それは森住も同じなのだが、森住はたいてい夜勤の時は寝ないことにしている。一度眠ってしまうと、頭の回転が元に戻るのに時間がかかるのだ。寝覚めがあまりよくないタイプなのである。だから、暇ができると、診療ブースに入って、本を読んだり、ゲームをしたりしている。

「あなたとなら、いつでもできますが？」

だから、その涼しげな声で、上品な口調で、下世話な発言はやめろ。

彼の滑らかな指が、森住の胸を探り、つるつるとした乳首の先をしつこく撫でる。

〝だから、そこやめろーっ〟

しかし、ドアに追い詰められ、両手をそのドアにつかされた状態では、どうにもならな

い。そうやっていないと、膝《ひざ》から崩れ落ちてしまいそうなのだ。

スクラブは、ストンと着られるということは、ストンと脱げるということなのだ。手術室のスクラブのパンツは紐《ひも》でくるタイプだが、森住が普段着ているものは、ウエストがゴムなので、簡単に手を突っ込まれてしまう。その下に穿《は》いている下着はぴったりとしたきつめのものなので、簡単に手は入らない代わりに、下着の上から触れられても、その感触はダイレクトだ。

「朝から……発情してんじゃねぇよ……っ」

ふわりと香る花の香りは、彼の体温が上がっている証拠だ。

「ですから、あなたとならいつでもできるんですよ。何なら、証明して見せましょうか？」

きゅっと、下着のフロント部分を摑まれて、喉《のど》が鳴った。朝のここはちょっとまずい。特に睡眠不足……寝ていない朝はまずい。やっぱり、コーヒーにつられて、こんなところに来るんじゃなかった。

彼のすべすべとした手が、くるりと下着のフロントから後ろに回った。ウエストのゴムに指がかかり、力を込めて下げられそうになった瞬間だった。

「……っ！」

コンコンコンッと速いノックが、手をつかされているドアから響いて、森住は両手でぎりぎり悲鳴を押さえて、その場に座り込んだ。貴志を振り返ると、思い切り『ちっ』という顔をしていた。

〝本気でやるつもりだったのかよ……っ〟

実は、この医局の鍵《かぎ》は相当に甘い。実際、森住は宮津《みやつ》の部屋の鍵を壊してしまったことがある。ノブを少しガチャガチャやったら、ドアが開いてしまったのだ。その代わり、ロッカーの鍵がしっかりしているので、誰も文句を言わないが、ここでいたしている最中にドアが開いたら、笑い事ではすまない。森住は、この魔王殿が心底恐ろしくなった。

「貴志先生」

筧の声だった。

「PHS切らないでください」

「……へ？」

間抜けな声で聞いてしまう。

「あんた……ピッチ切ってたのかよ……」

「ここにいることはわかっているはずですから」

恐るべし、魔王。

PHSで呼ばれるより、部屋に呼びに来られる方が一分弱時間を稼げる。その間にいけるところまでいくつもりだったのか。

「患者さんですか?」

床に転がった森住がもそもそと起き上がるのを一応待ってから、貴志がドアを開ける。そこには、呆《あき》れた顔をした筧が立っていた。

「そうでなけりゃ、邪魔しに来ませんよ」

つけつけと言いやがる。二人の間を行ったり来たりしている筧の聡明《そうめい》な瞳が痛い。

「カッターでざっくり膝を切っている患者さんと、脚立から落ちて、右肩を痛がっている患者さんです」

筧の視線がすうっと森住に留まった。

「森住先生、もう一働きいかがですか?」

「……働かせていただきます」

『le cocon』の朝ごはんなら、きっと残っているだろう。あそこがモーニングをやっていることは、まったく表沙汰《おもてざた》になっていない。藤枝《ふじえだ》が宮津に食べさせるためにやっているのではないかと、森住は思っている。それを営業という形にしているのだ。そうでないと、材料費などが経費で落とせないからだ。

「じゃあ、行きましょうか」

貴志が先に歩き出した。ありがたいことに、筧にドアを思いっきりノックされた衝撃で、身体に起こっていた変化はきれいさっぱり引っ込んでしまった。トイレに駆け込まなくても、このまま診療にいけそうだ。

ふと視線を落とすと、筧がまだ心底呆れたという顔をしていた。彼は、わりと表情が豊かというか、露骨である。

「何だよ」

低い声で言うと、思いっきりふんという顔をしやがった。

「森住先生、仕事とプライベートは切り分けていただけませんか？」

「あ？」

筧が手を上げて、自分の耳の後ろを指さした。

「キスマーク、ばっちりついてます」

「げっ」

思わず手をやる。さっき、貴志が吸血鬼よろしく吸い上げたところだ。貴志くらい髪が長ければ隠れるのかもしれないが、森住はすっきりとした短髪で、耳を出している。そこにつけられたキスマークだ。丸見えである。

〝あの野郎……っ〟

「いつつけたか知りませんが、絆創膏でも貼《は》っといてください」

「蚊に食われたようなもんだろ？」

筧がばっかじゃないの？　という顔をしている。本当に、彼は言葉よりも表情で語ってくれる。実にわかりやすい。

「宮津先生とか立原先生だと、それで通りそうですが、森住先生はそういうキャラじゃありません」

「じゃ、どういうキャラだよ」

初療室に入るぎりぎり手前で、筧が足を止めた。くいっと顔を上げる。

「医局とかで、堂々とことに及んでいそうなキャラです」

三歩くらい先にいた貴志の肩が思いっきり震えていたのは、やはり許せなかった。


「あ、いらっしゃい」

朝ごはんを食べさせてくれないかと電話してみた『le cocon』にいたのは、トムだった。モーニングセットはないけど、パンとサラダとスープくらいなら出してあげるよと言われたので、のこのこと森住は出かけてきたのだった。

「あれ？　マスターは？」

カウンターの中にいたのは、トムだけだった。

「マスターはお出かけ。仕入れの相談で、玲二《れいじ》のオフィスに行ってるよ」

賀来《かく》のオフィスは、彼が持っているレストランの中にある。そこには、試食用となっているプライベート・テーブルがあり、賀来はよくそこで食事をしているらしい。確かに、フレンチレストラン界の寵児《ちょうじ》である賀来玲二が、自分の店で食事をしていたら、目立って仕方ないだろう。落ち着いて食事をするためには、別室を用意するのが妥当である。

「パン、トーストがいい？　それとも、白パンあっためようか？　バゲットもあるよ」

トムが器用にサラダを盛りながら言った。たっぷりとしたグリーンサラダは、森住の好物だ。

「白パンがいい。何か、かりかりしたもん食う気分じゃない」

「おっけー」

ふわふわの白パンをレンジであたためながら、いい匂《にお》いのするコーンスープをスープカップに注いでくれる。

「あとで、コーヒーかラテ、いれてあげるよ」

パンがあたたまり、バターとコンフィチュールをたっぷり添えて、トムは森住の前に並べた。立派な朝食のできあがりだ。

「コンフィチュールは、僕のおみやげ」

トムがにっと笑った。

「パリに行った時、玲二が懇意にしているパティシエのところに遊びに行ってね。彼のところで、コンフィチュールを専門に作っている人からもらってきたんだ。すごく美味しいから、たっぷりつけて食べてみて」

「へぇ……」

ルックスはまったく変わっていないが、何だか、トムはずいぶんと大人っぽく、物腰が柔らかくなったような気がする。一人でヨーロッパに行ったと聞いた時はびっくりしたが、この様子を見るに、充実した日々を送っているようだ。

コンフィチュールは、苺《いちご》だった。ジャムのように苺を潰しているのではなく、角切りにして、どっさりと入っている。砂糖はぎりぎりまで抑えられていて、苺本来の甘酸っぱさが何とも美味しい。パンにのせずにこのまま食べても美味しそうだ。

「うん……確かに美味《うま》い。こういうのって、量産はできないんだろうなぁ」

「市販はしてるよ」

トムはこの前の夜と同じように、ミネラルウォーターを飲んでいる。

「ただ、店頭に出しても、ネットに出しても瞬殺。美味しいのは確かだけど、やっぱり希少価値ってのもあるかも。レモンと桃のももらってきたから、また食べにおいでよね」

森住はこくりと頷き、そして、黙々と食事を続けた。トムは何か言いたげだったが、余計なことは言わずに黙っているあたりが、以前と違うところだ。

「コーヒーとラテ、どっちがいい？」

尋ねられて、森住はラテと答えた。普段なら迷わずにコーヒーというところだが、トムのラテは、藤枝でも敵《かな》わないほど美味しいと聞いたからだ。

「おっけー」

トムは器用にマシンを使って、たっぷりとラテを作ってくれた。ハートのアート付きの美しいマグが供される。ふわふわのフォームミルクの下の熱いラテが、舌を焼く。

「……イギリス人って、やっぱり難しいのか？」

ふっとそんな言葉が出てしまい、森住は少し慌てた。トムはちらりと森住を見て、ふぅんという顔をしている。

「人によるとしか言いようがないけど、めんどくさい人に当たる確率は高いかな。悪い人じゃないいんだけど、めんどくさい」

「うん……」

思わず、頷いてしまう。

そう。貴志はめんどくさいのだ。医師としては有能だし、あのとおりルックスは美しいし、物腰も優雅だし、いろいろな価値観が森住と一緒で、話していて楽しい相手だ。しかし、それだけですませてくれないのが貴志で、何かというと、森住に触りたがるし、隙《すき》あらば押し倒そうとしてくる。とにかく、彼の行動は時に唐突で、暴走モードに入る。そうなると、森住のような凡人には制御がほとんど不可能で、疲れることおびただしい。

それなら、つき合うのをやめればいいとも思うのだが、この年まで生きてきて、彼以上にいろいろなものがフィットする相手に会ったことはない。手放してしまうのは、惜しい気がしてしまう。

〝だから、めんどくせぇんだよ……〟

好きか嫌いかで切り分けられない。だから困る。だからめんどくさい。

「ねぇ」

トムが言った。彼は自分にもラテをいれて、一口飲む。

「もしかして、イギリス人とつき合ってる？」

ラテを吹き出しそうになった。

「それって、この前言ってた英米ハーフのドクターだったりする？」

そうだった。こいつは勘がいいんだった。その上、言ってほしくないことほど、ぺろっと言う。

「………」

森住の無言を肯定ととったらしく、トムはにっと笑った。

「いいじゃん。すんごい美人なんでしょ？　先生、面食いだからなぁ」

それは否定できない。森住は貴志の外見をかなり気に入っている。医師という職業柄、不特定多数の人々と会うが、あれほどの美貌には、なかなかお目にかかれない。

「僕のことも相当好きだったもんねぇ」

トムがカウンターに肘《ひじ》をついて、森住の方に顔を突き出した。かなりすさんだ生活をしていた頃もあるというのだが、トムの肌はつるりと滑らかで、顔立ちもきれいに整っている。彼を連れ歩きたいと思った時期があった。実際、旅行にも連れ出した。しかし、結局恋愛にはならず、中途半端な関係のままで、トムは消えた。

「僕、森住先生のこと、結構好きだったよ」

「過去形かよ」

「そりゃね。現在進行形だったら、先生に何も言わずに、ここを出ていったりしなかったよ」

トムは、藤枝と賀来にだけ行き先を告げて、ここから消えた。そして、突然に帰国するまで、メール一つよこさなかった。

「先生のことは嫌いじゃなかったよ。だから、旅行にも行ったし、キスもした」

トムとは一度だけキスをした。リゾートホテルに泊まった時、何となく一度だけ。でも、森住はそれ以上押すつもりはなかったし、トムも拒まない代わりに、求めても来なかった。つまり、二人の関係は、友人からは少し踏み出したが、そこ止まりだったのだ。

「でも、先生もそうでしょ。僕のこと、動くアクセサリーくらいには思っていてくれたんだろうけど、それ以上には考えてなかったでしょ？」

「トムくん……」

「だから、僕のことはめんどくさくなかったんだよ。僕も同じだけどさ」

デザート食べる？　そう言って、トムは冷蔵庫を開けると、大きく焼いたプリンを取り出した。四角いバットで焼いたプリンを切り分けてくれる。

「紅茶、嫌いじゃないよね？」

「あ、ああ……」

プリンはアールグレイの味がした。よくあるとろとろのプリンではなく、しっかりとした固めのプリンだ。

「何だか、懐かしい食感だな」

「向こうのプリンはこの手のが多いよ。日本だけじゃないかな、こしのないどろどろのプリン食べるのって」

相変わらず、口は悪いが、トムはずいぶんと優しくなった気がする。いや、きっともともとこういう性格だったのに、森住の方が気づかなかっただけなのかもしれない。

「……めんどくさいってことはさ、たぶん先生が、その人を思いどおりにできないからじゃないのかな」

「うーん……」

そのとおりである。貴志はまったく、森住の思いどおりにならない。少し苦みのあるカラメル部分が美味しいプリンを食べながら、森住は考える。

「でも、めんどくさいのって、大変だけど、僕は嫌いじゃないんだよなぁ」

トムがぽつりと言って、冷めたラテを飲んだ。

「何もかも思いどおりになるのって、楽だけど、つまんなくない？　飽きちゃうっていうか」

「トムくん」

森住はびっくりしたように目を見開いて、トムを見つめた。

「何か……君、すごい大人だねぇ……」

森住の知っているトムは、少し拗《す》ねた目をした野良猫だった。しかし、今ここにいるトムは、美しい毛並みを持って、優雅に、宝石のような瞳でこちらを眺めている、とてもきれいな猫だ。

「たぶん、先生よりは」

ふふっと笑い、トムは手を伸ばして、森住の頭をぽんぽんと軽く叩いた。

「退屈な恋をしたいなら止めないけど、そんなの二十年くらい早くない？」

「……君に言われたくないね」

見た目ほど年は離れていないのだが、森住の方が三つほど年上だ。しかし、なぜか、トムの方が人生のなんたるかを知っているようだ。

「退屈な……恋ねぇ」

これは恋なのだろうか。自分は貴志に恋しているのか？

一つ疑問が解けると、次の疑問が湧《わ》いてくる。なるほど、確かに退屈はしない。

〝疲れるけどな……〟

急に眠気が襲ってきた。たぶん、お腹《なか》がいっぱいになったせいだ。

「ごちそうさま」

眠ってしまわないうちに、家に帰らなければ。席を立つと、ちょうどそこに、藤枝が帰ってきた。めずらしくもジャケット姿だ。彼のベスト姿はよく見ているが、ジャケットを着ているのは、あまり見たことがない。

「おや、森住先生、お帰りですか？」

「あ、うん……夜勤明けでさ、眠いから帰るわ」

「またのおいでをお待ちしております」

藤枝に見送られて、森住は『le cocon』を出る。

家に帰って一眠りしよう。

とりあえず……それから考えよう。

ACT 4.

病院近くにあるスパニッシュ・レストラン『グラナダ』は、森住《もりずみ》のお気に入りである。

「ここのトルティージャ食べちゃうと、よその食べられなくなるよな」

トルティージャ・デ・パタタスは、じゃがいものオムレツで、スペインではポピュラーな料理だ。あたたかくても冷たくても美味《おい》しく、ほくほくのじゃがいもの食感が楽しい。

「美味しいですね。トルティージャ・デ・パタタスは、結構家庭の味が出るんですけど、ここのは塩がキリッと効いていて、私の好みに合います」

貴志《きし》がざっくり二つに分けたトルティージャを美味しそうに食べながら言った。

「たまに、甘いだけのトルティージャ・デ・パタタスがありますが、あれは卵とじゃがいもの旨《うま》みを生かしていないと思います」

スープは、ソパ・カスティージャ。オリーブオイルとニンニク、パプリカがメインの素朴なスープだ。ここに、スライスしたバゲットと細かく刻んだ生ハム、卵を入れると、立派なご馳走《ちそう》風スープになる。卵は、スープの上に割り入れただけの形で運ばれてくるのだが、器が土鍋《どなべ》なので、余熱でいい具合に半熟になる。

「ああ、そういや……」

森住がスープを味見しながら、ぼそりと言った。

「袴田《はかまだ》の奴《やつ》、大学に戻ったよ」

貴志がちらりと視線だけを上げた。森住はふうっと息をつき、肩をすくめる。

「センターに希望出したらしいんだが、篠川《ささがわ》先生に手ひどい拒絶を受けたと聞いた。あの人のことだから、何、寝言言ってやがる、ボケナス！　くらいのことは言ったと思うが」

貴志がくすくす笑っている。

「いえ、寝言ではなく、本気で言ってんの？　でした」

「聞いてたのか？」

「はい」

そこに、香ばしい煮込みが運ばれてきた。マル・イ・モンターニャは、海と山という意味で、海のもの（エビ）と山のもの（鶏肉《とりにく》）が一緒になって、そこに、カタルーニャ料理には欠かせないピカーダという調味料が使われた料理だ。ピカーダは、モルテーロと呼ばれるすり鉢に、オリーブオイルで揚げ焼きにしたパン、ニンニク、アーモンド、パセリなどを入れ、細かく潰《つぶ》して合わせたものだ。この店では、ここにさらにチョコレートを入れているのだという。話はちょっと置いておいて、チョコレートの入った煮込みというものを味わってみる。

「……濃厚だな」

森住のつぶやきに、貴志が頷《うなず》いた。

「でも、ニンニクやアーモンドの角やえぐみがまろやかになっています」

焼き目のついたエビと鶏肉も、香ばしくて美味しい。スパニッシュフードは、オリーブオイルをふんだんに使うので、一見脂っこそうだが、いいオイルを使っていれば、さらりと食べられるものが多い。

「カタルーニャ地方は、スペインでもっともチョコレート文化の発達している地方なんだそうです」

「そういや、カカオサンパカとかバロールって、バルセロナだから、カタルーニャか」

食べ物に関しての知識は、ずば抜けている森住だ。

「……話を戻しますが」

貴志が熱々のフラメンキンをつまみながら言った。

フラメンキンは、生ハムを肉で巻いて、オリーブオイルで揚げる料理だ。薄く叩《たた》いて伸ばした豚肉で、生ハムとゆで卵を巻き、フライ衣をつけて、オリーブオイルで揚げる。トマトソースや、オリーブオイルで作ったマヨネーズで食べるのが美味しいようだ。

「袴田先生がセンターに直訴にいらしたのは、一週間くらい前だったかな。篠川先生に、センターで研修をしたいという希望を出されて、それに対する篠川先生の答えが」

「本気で言ってんの？　か」

篠川のことだから、ものすごく冷たい表情と声で言ったのだろう。彼は、冷徹になるべき時は徹底的に冷徹で、安易なフォローなどは絶対にしない。見事なまでに投げっぱなしである。

「しかし、何でセンター？　この前、使い物にならないことを自ら証明したじゃん」

袴田は、T大出身の後期研修医で、森住が上級医である。しかし、彼がセンターを志願したのは、まったく知らなかった。ただ、彼が突然研修終了を繰り上げて、大学に戻ったと、医長の駒塚《こまつか》に聞いただけだ。

「これは私の想像ですが、恐らく、篠川先生や神城《かみしろ》先生の下《もと》で研修をしたいと思ったのではないかと」

貴志がサングリアで少し口をさっぱりさせて言った。

「森住先生や私では、自分の価値がわからない。同じ大学出身の篠川先生や神城先生なら、自分の価値がわかる。使えると思ってもらえると考えたのではないかと」

「ばっかじゃねぇの？」

間髪を入れずに言ってしまった。たぶん、自分の袴田に対する評価は、甘い方だと思う。やっぱり、自分が上級医なので、あまりひどい評価をつけると、自分がちゃんと指導していないような気になってしまうからだ。しかし、篠川や神城、貴志は違う。相手が研修医であろうがなんであろうが、医師免許を持っていて、きっちり給料をもらっている以上、それなりの働きはしてもらう。わからないことがあったらいくらでも教えるが、基本は押さえておけ、馬鹿者《ばかもの》。これが基本的な考え方なのだ。袴田が起こしたトラブルは、たぶんに勉強不足からくるもので、こればかりは、森住も庇《かば》いようがない。それを自分のことは棚に上げて、上級医である森住をすっ飛ばして、他部署のトップである篠川に直談判《じかだんぱん》するなど、言語道断である。

「それで、駒塚先生の歯切れが悪かったのか。納得」

「しかし、これでまた、整形の頭数が減ってしまいますね」

貴志の飲んでいるサングリアは、定番の赤ワインで作ったものではなく、白ワインのものだ。サングリア・ブランカという。森住の方は、ビールをレモンジュースで割った、セルベッサ・コン・リモンである。

「あー、それはあんまり問題ないかな」

軽い飲み口のセルベッサ・コン・リモンは、くいくいいけてしまう。アルコール度数も低いので、ほとんど水代わりだ。

「五月に、二人増員になるんだよ。本当は、センターに増員したかったらしいんだけど、来手がなかったみたいでさ。うちの方に後期研修上がりの若いのと、手の外科専門の中堅が入ることになったたって、駒塚先生が言ってた」

「それなら」

貴志がサングリアをくっと飲み干した。グラスを置き、テーブルに軽く肘《ひじ》をついた。白い指を軽く組んで、そこにそっと顎《あご》をつけ、宝石のように輝くオリーブグリーンの瞳《ひとみ》で、森住を見つめた。貴志の顔立ちは、アングロサクソン系なので、顔の彫りが深く、光の当たり具合で、顔の中にも陰影ができる。金髪の混じった淡い栗色《くりいろ》の髪が、レフ板のように光を反射して、瞳の明るさを強調し、リアルの人間なのに、まるでエフェクトをかけた写真を見ているようだ。

「あなたが、そのセンターの増員になったらいかがです？」

「あ？」

滑らかな手がテーブルの上を滑り、グラスを手にしていた森住の手に軽く触れる。

「言いましたでしょう？　あなたは救命に向いています。病院からセンター夜勤に入るドクターの中でも、あなたはトップクラスの実力の持ち主です。正直なところ、病院の予約外来に置いておくのは、宝の持ち腐れだと思っています」

「置いておくって……俺はものじゃねーぞ」

「もの扱いされたくなかったら、さっさとセンターにいらっしゃい」

めずらしく、貴志がぞんざいな物言いをした時だった。

「あれぇ、森住先生じゃない」

ハスキーな声が真横で聞こえて、森住は仰天した。

「え？　え？」

ぱっと顔を向けると、そこに立っていたのは、やはりトムだった。すらりとした細身の身体《からだ》に、黒いシャツと黒のパンツ、艶《つや》のある黒のジャケットを羽織っている。黒ずくめだが、顔立ちが華やかなので、寂しい感じはしない。かえって、彼の若々しい美貌《びぼう》を引き立てるようだ。

「トムくん……何で？」

「何でって、ごはん食べに来たに決まってるじゃん」

「ごはんって……トムくん、店の方はいいのかよ」

「まだ混《こ》む時間じゃないからね」

トムは一人だった。奥の方にカウンター席があるので、そこに座っていたのだろう。水際だった美少年もどきのルックスに、あたりのテーブルが少しざわついている。

「で？」

トムの視線がすうっと動いた。彼は、長い前髪で左目をほとんど隠しているので、右目がすっと動いたように見えた。黒目がちの大きな目が、森住の向かいに座っている貴志を見る。そして、ふぅんという顔をした。

「悩みは解決したのかな?」

「おい、トムくん……っ」

おまえの目の前にいるこいつが、俺の悩みの種だよっ! と叫びたかったが、そういうわけにもいかない。しかし、トムには当然バレバレだろう。おもしろそうな顔で、森住と貴志を等分に見ている。

「森住先生」

貴志の声がした。クリアな発声。少し高めの中性的な声。診察の時などに使う、彼のオフィシャルっぽい話し方である。

「こちらは? ご紹介願えますか?」

「Hello. I'm Tomu. It's nice to meet you」

トムはすらすらと英語で挨拶《あいさつ》した。もともと英語は話せると聞いていたが、発音もきちんとしている。きれいなクイーンズイングリッシュだ。かなり勉強したのだろう。

「Nice to meet you, too」

軽く答えてから、貴志は再び、日本語になった。

「日本語で結構です。私の母国語は日本語ですので」

「それは失礼。もしかして、浅香《あさか》先生の後任の先生かな?」

「あ、ああ……」

森住はようやく我に返った。

「貴志先生、『le cocon《ル・ココン》』の元ウェイターのトム……宝生《ほうしょう》務《つとむ》です。トム、こちらは貴志颯真《そうま》先生、センターの先生だ」

「ふぅん、名前はまるっきり日本風だけど、見た目は完璧《かんぺき》アングロサクソンだね。英米のハーフって聞いたけど、あってる？」

「おい、トムくん……」

森住はトムの扱いに慣れていない。賀来《かく》や藤枝《ふじえだ》なら、この傍若無人な美少年もどきを御することができるのだろうが、森住には無理だ。貴志がきらりと瞳を光らせた。

「聞いたって、どなたからですか？」

トムがにんまりと悪い笑い方をした。

「わかってるでしょ。あなたは察しの良さそうな人だし」

「トムくん……っ」

森住は慌てた。トムは空気を読まない。自分の言いたいことを言いたいように言うだけだ。何も言うなぁ！　という顔をいくらしても無駄である。

「イギリス人はお父さん？　お母さん？」

トムの問いに、貴志はにっこりと全開の笑顔で答えた。怖い。これは怖い。貴志は微笑《ほほえ》んでいることが多いが、自分の美貌を前面に押し出したこういう笑顔を見せることは少ないのだ。これは、トムに対する対抗意識の表れである。

〝うわぁ、うわぁ……〟

「父がイギリス人です。それが何か？」

「いえ、僕も今、イギリスにいることが多いもので」

「多いというのは？」

「まぁ、修業のようなものかな。ロンドンのパブやパリのカフェで、働かせてもらったりしながら、勉強中ってとこかな。ここのオーナーシェフのお父さんとも、バルセロナで会ってね。偶然、息子が日本で店を開いているって聞いたから。ここの料理って、スペインの家庭料理っぽいね。気取ったものは少ないけど、飲み物も自家製が多いし、すごく美味しい」

「確かに」

貴志は笑顔を崩さないまま、今は銀色っぽく見えるオリーブグリーンの瞳で、じっとトムを見つめる。

「ここは、森住先生のお気に入りなんですよ。彼はあなたに教えてもらったのかな」

「そうかもね」

トムがふふっと笑う。

「トムくん……っ」

森住の声は、ほとんど悲鳴である。

「お店の方はいいの……っ」

「はいはい」

トムがすいと手を伸ばした。軽く森住の肩に手を置いて、ぽんと叩く。彼がそんな仕草を見せるのは初めてだ。しかし、貴志はそんなことは知らない。彼の目が見たこともない角度につり上がるのがわかって、森住は久しぶりに背中がさわさわするのを感じた。

〝これって……やばくないか……？〟

「じゃあね、森住先生。またお店の方に来てね。待ってるから」

〝こいつ……っ〟

トムはわざとやっている。おもしろがっているのか、それとも何か意図があるのかはわからないが、思わせぶりな発言と仕草で、森住を翻弄《ほんろう》している。

「貴志先生、お邪魔しました。Let's meet again soon」

さらりとまた英語で挨拶すると、トムは颯爽《さっそう》と去っていった。

「…………」

森住は、そのほっそりとした背中を見送ってから、そっと上目遣いで、向かいに座っている貴志を見た。

「きれいな顔のウェイターさんですね。彼があなたと旅行に行った人なんですね」

貴志が平坦《へいたん》な口調で言った。瞳の色は元に戻っているが、美しいドールめいた顔には、まだ笑いが張り付いていて、怖いことこの上ない。周囲から見れば、完璧な美貌の微笑みなのだろうが、普段の貴志を知っている森住からすると、邪《よこしま》なオーラがぶわっと背中に立ち上がっていて、怖くて仕方がない。

「そ、そうだったかな……」

「『le cocon』のマスターも、そういえばオーナーの賀来玲二《れいじ》さんもハンサムですよね。『le cocon』のスタッフは、顔で選んだりしているのかな」

抑揚のない口調が怖い。

「賀来さんの他《ほか》の店には行ったことないけれど、他の店のスタッフもルックスで選んでるんでしょうか」

「貴志先生」

頬《ほお》をひくつかせながら、思わず、森住は口を挟んでいた。

「それは、賀来さんに対して失礼だ」

賀来や藤枝とは、それなりにつき合いが長い。貴志よりもつき合いが長く、彼らは、最も身近にいて、尊敬もできる大人の男性だ。そんな存在をくさす発言は聞き捨てならなかった。

「賀来さんは、スタッフを顔で選んだりしていない。マスターやトムくんのルックスがいいのは、たまたまだ。あんただって、センターがルックスで医者を選んでるって言われたら、気分悪いだろ？　センター長の篠川先生だって、副センター長の神城先生だって、ハンサム顔だぜ？」

「それはそれでいいかと」

つけつけと貴志が言った。

「私は、自分のルックスが気に入っています。このルックスを認めてもらったのなら、それはそれでいいですよ」

「あんた……何言ってんだよ」

「まぁ、いいです。私が何を言っても、あなたは否定なさるんでしょうし」

貴志は上品な仕草で、残っている皿を片付けにかかった。彼の食事のしかたは、相変わらずきれいだ。しかし、そのカトラリーの使い方が、いつもより少しだけあらっぽく見えるのは気のせいか。

「確かに、賀来さんのスタッフ採用の基準なんて、私には関係ありませんでしたね。彼……宝生さんですか？　彼が賀来さんや『le cocon』のマスターにとって、どういう存在なのかもわかりませんし」

「どういうって……」

正直、森住も、トムの出自については、詳しく教えてもらっていない。藤枝に聞いてみたこともあるのだが「ちょっと複雑なんです」と言われただけで、答えてはもらえなかったし、トムもあまり言いたがらない。ただ「僕は野良猫だから」と言うだけだ。しかし、彼が肉親との縁の薄い人間であることは、何となくわかっていた。森住も人のことは言えないが、トムの方がより過酷な子供時代を送っていたことは、想像に難くない。賀来や藤枝のトムへの接し方で、それはうかがい知れた。

「貴志先生、あんた、自分が何言ってるかわかってんのか？」

　思わず、森住は語気を強めていた。

「賀来さんもマスターも、トムくんを大事にしてるだけだ。トムくんには……寂しいところがあって、それをほっとけないだけだ。妙なことを言うもんじゃない」

「妙とは？」

　すっと貴志が顔を上げた。目が据わっている。彼の目は、黒目がちなトムとは逆に、三白眼気味なので、目を据わらせると相当に怖いことになる。その上、その瞳は、光の入り方で金や銀にもなるのだ。しかし、彼の切り口上にむっとしていた森住は、それを怖いとも思わなかった。

「賀来さんが顔でスタッフ選んでるとか、どういう存在なのかわかったもんじゃないとか」

「私の実家も人を雇う立場にあって、実際、私以外の家族は、時にスタッフを選んだり、管理したりもしているわけですが」

貴志の実家は、ホテル業を営むKISHIホールディングスだ。

「彼らが異口同音に言うのが、一部のスタッフにだけ、余計な思い入れをしてはいけないということです。スタッフを家族として扱うのは、確かに理想ですが、それが何十人、何百人のレベルになっていくと、そんなことは言っていられない。だから、最初から、ある意味ビジネスライクにつき合っていくのが、長続きするコツだと言います。彼らの働きに報いるなら、昇進や給与アップという形で報いていけばいいのですから」

「それは、あんたの実家の考え方だろ」

森住は、残っていたセルベッサ・コン・リモンを一気に飲み干した。

「賀来さんには、賀来さんの考え方がある。あの人だって、フランス料理界の寵児《ちょうじ》と言われる経営のエキスパートだ。あんたの実家のやり方だけが正しいわけじゃない。第一、あんたはその経営に携わっていないんだろ？　偉そうに言うんじゃねぇや」

「お言葉ですが」

貴志が言い返してくる。

「経営に携わっていなくても、家族と一緒にいる時は、いつもそうした話題です。門前の小僧方式で、あなたよりも、経営についてはわかっているつもりです」

「じゃあ、そう思ってりゃ、いいじゃねぇか。あんたのところはそうなんだろうから。で

恋する救命救急医
+魔王陥落+
春原いずみ
Izumi Sunohara
緒田涼歌
Illust. Ryouka Oda
特別番外編
「夏の幻」
※無断複写・複製・転載・アップロード・転売を禁じます。
ホワイトハート
講談社X文庫
NOT FOR SALE

恋する救命救急医　魔王陥落

特別番外編　夏の幻

　その夏は、とても暑い夏だった。家も学校もエアコンが入っていたから、屋内にいる分には暑さもさほどではなかったが、一歩外に出ると、くらくらするような真夏の光が、貴志の淡い色の髪と瞳には、ひどく痛かった。

「あーあ、行きたくないなぁ……」

　夏休みのサマーキャンプは、貴志の通う学校と近くの中学校との合同の恒例行事だった。そのキャンプに行く支度をしながら、貴志の双子の兄である優真がぼそりと言った。

　貴志よりも少し濃い栗色の髪を長く伸ばし、それをポニーテールにしている優真の後ろ姿は、まるっきり女の子だ。

「このくそ暑いのに、何が嬉しくて、キャンプなんかに行かなきゃならないんだよ……」

「嫌なら、行かなきゃいいだろ」

　黙々とリュックに荷物を詰めながら、貴志は応じた。


「僕はキャンプの委員になってるから、行かなきゃならないけど、優真は自由参加組だろ」

「……颯真が行くのに、僕が行かないわけにはいかないだろ」

　優真の言い草に、貴志は少しため息をついた。この双子の兄は、どこに行くにも貴志の傍を離れない。まるで監視するかのように、片時も傍を離れずについてくる。かといって、それほど仲のいい兄弟ではない。双子と言っても、周囲が連想するようなべったりな関係ではないのだ。恐らく、生まれた頃から同じ屋敷の中にいながら、別のナニーに育てられたせいだろう。確かに姿形は似ているが、髪の色も瞳の色も違うし、ジュニアハイに進んでからは、優真がロングヘアにしたせいで、二人を見間違えるものはまずいない。別に双子だと強調する必要もないと思うのだが、なぜか優真は弟である貴志の傍を離れない。

「ま、いいけど」

　貴志は肩をすくめた。

　このまま、自分はこの兄と一緒に人生を歩

いて行くのかと、ふと思うことがある。祖父母も両親も、兄弟が家業であるホテル業を継ぐことを望んでいる。はっきりと言われたことはないが、それを期待されていることは子供である貴志にもわかった。

〝このまま、僕は……〟

決められたレールの上を走って行くのだろうか。十五歳の揺れる心を持て余して、貴志は小さなため息をついたのだった。

「はーい、じゃあ、グループ分けが済んだ組から、バンガローに入って、荷物整理とグループミーティングをしよう」

キャンプと言っても、地元の中学とインターナショナルスクールの合同キャンプは、森の中のバンガローで行われる。六人一組のグループになって、三日間の共同生活だ。

「じゃ、ミーティングを始めましょうか」

日本人の血は一滴も入っていない容姿の貴志から、まったく英語訛りのない日本語が出てきたことに、上級生は慣れているようだったが、なりたての中学生たちはびっくりしているようだった。

「へぇ、すごいなぁっ」

ふいによく響く声がした。声変わりはまだしていないようで、ピンとよく響くきれいなボーイソプラノだ。

「君、日本語すごく上手いねっ」

貴志ははっとして振り向いた。

そこに立っていたのは、きりりとした、まるで五月人形のような凛々しい顔立ちの少年だった。しかし、にこにこと人なつこい笑みを浮かべているので、何だかとても可愛らしい。

「こら、森住」

彼の先輩に当たる上級生が、少年の頭を軽くはたいた。

「貴志くんはおまえの先輩だぞ。失礼な口をきくな」

「いえ、失礼ではありません」

貴志は穏やかに言った。

「二つくらい年上だからといって、偉いわけではありません。それより、日本語を褒めてくれてありがとう。僕は日本生まれの日本育ちだけど、両親がアメリカ人とイギリス人だし、学校では英語ばかりなので、あまり日本語に自信がないんです」

「そうかなぁ。すごくきれいな日本語だよ。声もすごくきれいだし、顔もすごくきれいだよ。何だか、ずっと見ていたくなる」

森住と呼ばれた少年は、不思議な色の瞳をしていた。黒目がちの目なのだが、白目の部分が青っぽくて、日本人にはあり得ないブルーブラックに見える。彼は貴志をずっと見ていたくなると言ったが、貴志からすれば、彼の方がずっと見ていたくなるような、そんな不思議な存在感のある少年だった。

「君は……森住くん……というのですか？」

貴志に尋ねられて、彼は少しまぶしそうな顔で貴志を真っ直ぐに見つめて、頷いた。

「俺は森住英輔。覚えてて」

ピントの甘い一枚の古い写真。森住がアルバムから剝がしてきたそれを、貴志は譲り受けていた。まだ声変わりもしていなかった少年の森住は、全開の笑顔で貴志の隣に写っていた。貴志の肩に顔を寄せるようにして、森住は笑っている。

いつもなら、憂鬱なだけのサマーキャンプが、彼の存在があるだけで、まるで夢のような時間に変わった。彼の笑顔、彼のよく通る声、そして、しなやかな肢体。彼がそこにいるだけで、光が溢れ、爽やかな風が渡るようだった。

「……いつまで見てんだよ」

お風呂から上がった恋人が、少しはにかんだ、まるであの夏の日の少年のような笑顔で、さっと写真を取り上げようとした。貴志はその指先をそっととらえてキスをする。

「いつまで見ていても飽きませんよ」

あの夏の日の幻は、今ここにいる。凜々しい笑顔もしなやかな身体もそのままに。

「……もう遅いですね。寝ましょうか」

君は永遠の少年だ。君は僕の永遠の憧れだ。

あの夏に出会った、僕の永遠の恋人。

〈了〉

も、賀来さんのところは違うってだけだ。あの人は、マスターやトムくんの個人的な事情もわかった上で、あの店を任せている。それが気にくわなきゃ、あそこに行かなければいい。あんたなら、高級なバーをいくらでも知ってそうだからな。住宅街の中にある、小さなバーになんざ、用はねぇだろ」

吐き捨てるように森住が言うと、貴志は唇の片端を吊《つ》り上《あ》げた。

「そうですね。店の外でまで、お客さまに馴《な》れ馴《な》れしく声をかけ、馴れ馴れしく触れるようなスタッフがいるようなバーには、あまり行きたくありませんね」

森住はばさりとナプキンをテーブルに置いた。それでも、ぎりぎり理性は働いて、音を立てずに立ち上がることはできた。

「これ以上は、美味しい食事はできないようだから、俺はここで失礼する。払いは済ませておくから、あんたはごゆっくり」

貴志はちらりと視線を上げただけだった。謝ったりするつもりはないようだ。

〝当たり前か〟

貴志のことだ。感情にまかせて言ったわけではないだろう。それなりに考えて、発言しているはずだ。だから、言いよどむことも、口ごもることもない。すらすらと滑らかに言葉を紡いでいる。

「じゃ、失礼する」

でいた。

「ごちそうさまです」

いつものように澄んだ声で言って、貴志は澄ました顔で、サングリアのお代わりを頼ん
「おやすみなさいませ」

フロントクラークの声を背中に、貴志はふかふかのカーペットを踏んで、自分の部屋に向かった。カードキーをスリットに滑らせて、パイロットランプがグリーンになるのを確認し、ドアを開ける。

「…………」

室内は、いつものように心地よい温度に調整され、掃除も行き届いて、すべてが気持ちよく整えられている。貴志はクローゼットにジャケットを片付け、シャツの袖《そで》をまくり上げて、コーヒーをいれ始めた。一応、『グラナダ』で、デザートまですませてきたが、半ば、森住に対する意地のようなもので、味などほとんどわからなかった。コーヒーが落ちるのを待つ間、部屋に備え付けのキャンディボックスを開けて、中に入っていた薔薇《ばら》のキャンディを口に入れた。これは、優真《ゆうま》がロンドンから送ってきたものだ。優真の美意識は、ある意味、貴志よりも上かもしれない。自分の容姿に対する自負もあるし、仕事に対

する責任感もある。彼は常に周囲に意識を巡らせ、アンテナを張っている。だから、貴志が気づかないようなことにも気づくし、時にナーバスにもなる。そんな彼は、美しいものを見つけるのがとても上手だ。ＫＩＳＨＩホールディングスのアメニティや、ちょっとした備品の調達は優真の仕事の一つだが、本当に素敵なもの、美しいものを見つけてくる。この薔薇のキャンディも、そのうちの一つである。

「子供っぽいことをした」

貴志はぼそりとつぶやいた。

優真が周囲に意識を巡らせているのとは対照的に、貴志は故意に周囲を無視することがある。自分の意識にのみ集中して、周囲を無視するのだ。そうすることで思考が深まり、結果的にいいパフォーマンスに繋《つな》がることが多い。

しかし、今日は明らかに失敗だった。自分の意識や感性にのみ従った結果、森住を怒らせてしまった。

貴志は、森住のまっすぐさや素直さ、可愛《かわい》らしさが好きだ。そして、彼は気分のコントロールが上手《うま》く、怒ったり、気分を害したりすることがほとんどない。あのめんどくさい研修医にも、淡々と接していて、怒りを見せることはなかった。

「でも、今日は怒っていた」

『グラナダ』で声をかけてきた美青年。森住が『トムくん』と親しげに呼んだのは、ほっそりとした少年のようなプロポーションと憂いを秘めた黒い瞳が印象的な美青年だった。彼が複雑な出自を持っているであろうことは、その瞳に宿る寂しさで、すぐにぴんときた。これでも、医師として多くの患者を診ているし、アメリカでの三年間のER勤務で、社会の底辺も垣間見《かいまみ》た。恐らく、宝生務は、犯罪ぎりぎりのところで生きてきた経験があるはずだ。もしかしたら、犯罪に手を染めた経験もあるのかもしれない。

貴志は良くも悪くも、育ちがいい。裕福な家庭で何不自由なく育ち、苦汁をなめたことなど一度もない。今だって、実家が経営するこの五つ星ホテルで、スタッフに傅《かしず》かれるような生活をしている。貴志にとっては、それが当たり前で、救命救急医という仕事を全《まっと》うするためには、この生活がいちばん効率がいいとわかってきたので、今のところ、一人暮らしは保留だ。

だからかもしれないが、宝生務のようなタイプの人間が苦手だ。自分の身一つで生きてきた青年。誰に寄りかかることもなく、一人で立ち上がり、たくましく飄々《ひょうひょう》と生き抜いている人間。それはそれでいいと思うのだが、彼の持つ荒々しい野生動物のような匂《にお》いや、雰囲気が苦手だった。その苦手意識と、森住に対する馴れ馴れしさ、そして、それを戸惑いながらも受け入れる森住。そのすべてが貴志を苛立《いらだ》たせ、いつもの自分らしくもない暴言を吐いてしまった。

「あなたはご存じないようですが」

コーヒーがはいった。お気に入りのシンプルなマグに注いで、ソファに座る。

「私は、あなたを愛しているんですよ？」

森住はまだいまひとつぴんときていないようだが、貴志には、森住に骨抜きになっているという自覚がある。

アメリカ時代も含めて、誘ってくる相手は多かった。男女含めて、ステディなつき合いをした相手もいるし、ベッドだけなら、いったい何人になるかわからない。双子の兄である優真は、そのあたりは堅く、両親が心配するくらい浮いた話はないが、貴志の方は、その分だけ奔放になってしまったのか、下半身に人格はない状態だった。

ティーンエイジャーの頃に森住と出会って、一目惚《ひとめぼ》れしてしまってから、彼以上に好きになった相手はいない。誰とセックスしても、頭は常に冷めていて、彼は今どんな大人になっているだろうかとか、彼をこんな風に組み敷いたら、どんな反応を示すだろうかとか、そんなことばかり考えていた。

「あなたには、私以外を見てほしくない」

彼のすべてを独占したい。できることなら、この部屋に監禁してしまいたいくらいだ。ここで彼とセックスするたびに、縛りたくなる衝動をぎりぎり抑えているのである。

コーヒーは少し苦い。いつも豆は浅煎《あさい》りを頼んでいたのだが、少し焙煎《ばいせん》が深いようだ。シャワーを浴びなければならないのだが、疲れがたまっているのか、身体がだるくて、すぐには動きたくない。いや。

「たまってるのは、性欲の方だな」

彼を見るたびに、キスしたくなるし、押し倒したくなるし、ベッドに引きずり込みたくなる。淡泊な方ではないが、彼に再会するまで、自分の性欲が強いと思ったことはない。セックスの場数は踏んできたが、ほとんどの場合が、相手からの誘いによるもので、来る者拒まず、去る者は追わずのセックスライフだったのである。

しかし、彼に再会してからは、それが変わった。多少強引な手を使っても、彼を抱きたくて仕方がない。彼の素肌に触れて、彼の中に沈みたい。彼がほしい。

「わかっているんですか？」

気は短い方ではないはずなのだが、こと彼に関してはだめだ。抑えが利かない。彼に近づくものがいるなら、すべて排除してしまいたくなるくらいに。

「病気だな、これは」

たぶん、恋の病というやつだ。ソファに深々ともたれ、ため息をついた時、テーブルに投げ出しておいたスマホが振動した。画面を見ると、兄の優真からの着信だった。

「何だろ」

画面をスワイプして、貴志は電話に出た。

「はい」

『ああ、僕だよ。元気かい？』

聞こえてきたのは、やはり聞き慣れた兄の声だった。貴志は少し不機嫌に答える。

「元気で悪い？」

『何、怒ってるんだい？』

優真が不思議そうに言った。

『めずらしいね。颯真がそんなに機嫌悪いの』

「別に」

短く答えて、貴志はコーヒーを飲んだ。やはり苦みが強い。期待した味と違うので、またこれも不機嫌の理由になってしまう。

「何か用？」

『切り口上だなぁ』

優真がくすくす笑っている。

『薔薇のキャンディ、どうだったかと思って。薔薇のシロップとか、桃のコンフィチュールに薔薇のペタルを混ぜたのとかも見つけたから、送ろうと思うんだけど』

「何で、薔薇シリーズなんだよ」

たいていは丁寧語の貴志だが、この双子の兄に対してだけは、ぞんざいな口を利く。

『いいと思わない？　きれいだし、いい香りだし。薔薇の香りは、精神の安定にもいいんだよ』

「薔薇のキャンディ程度で安定する精神状態なんて、大したことないんじゃないの」

『本当に機嫌悪いんだね。何かあった？』

何もないとはねつけようかとも思ったが、ふと思い直した。この兄は、貴志のことをよく知っている。何せ、構成成分がほぼ同じ上に、生まれる前からのつき合いだ。

「優真は、誰かを好きになったことあるのか？」

『え？』

さすがに、電話の向こうはびっくりしている。

『どうしたんだい？　颯真。そっち関係は、颯真の方が場数踏んでるだろう？』

いや、貴志が場数を踏んでいるのは、単純にセックスだけだ。ステディな相手がいた時期もあるが、つき合いは長くは続かなかった。

医者という職業は、社会性がなくても、多少人間的に問題ありでも、実は務まってしまう仕事なのである。病院という一つのくくりの中で、何だかんだ言っても、医者はヒエラルキーのトップだ。人格の問題が病気の域に達していなければ、それなりに務まってしまうのだ。だから、貴志は、きちんとビジネスの世界に順応し、成功している優真の方が、社会性は上回っていると思う。

「私がおまえより上なのは、寝た相手の数だけだ」

端的に言う貴志に、優真は吹き出している。

『はっきり言うねぇ。まぁ、確かにそのとおりだけど』

「おまえの身持ちの堅さはどこから来るんだ？」

『それはこっちのセリフだよ。颯真の下半身事情のだらしなさはどこから来るんだろうね。お父さまもお母さまも、お互いが初恋くらいの勢いで、未《いま》だにラブラブなのに』

何も言い返せない。貴志は、自分のルックスや出自に、特別なものを感じたことがあまりない。だから、誘われればそんなものかと応じてしまうし、見損なったと言われれば、そんなものかと追うこともない。結局、貴志にとって、一目惚れで、しつこく思い続けた森住以外の人間は、問題外の外ってやつで、どうでもよかったのだ。かえって、テクニックの研鑽《けんさん》を積むために、積極的にベッドの誘いに応じていた時期もあるくらいだ。

『颯真、もうご乱行って年じゃないだろ？　病気もらう前に、ちゃんとした方がいいぞ』

「セーフセックスは基本」

反射的に言い返してから、貴志はこんなことを言いたいんじゃないんだと思い返した。

「優真は、今、好きな人とかいるのか？」

『まぁ、今は仕事が恋人状態かな。いろいろ話はあるけど、今のところ、恋愛に割《さ》くエネルギーがなくてね』

優真は穏やかに言った。

『颯真はどうなんだい？　森住くんとは進んでる？　もう別れたとか？』

言いたいことを言ってくれる。貴志はふうっとため息をついた。

「ケンカした。ついさっき」

『それはめでたい』

「優真っ！」

『僕はもともと、颯真が彼とつき合うことには賛成してないからね。颯真には、幸せな結婚をして、ちゃんと家庭を持ってほしい』

「それはおまえに任せる」

貴志は間髪を入れずに言い返した。

「私は、森住先生以外は好きになれない。あの人しか愛せないと思ってる」

『それはティーンエイジャーの頃のことだろう？　若気の至りとか思わないわけ？』

「思わない」

そんな簡単な言葉で片付けられたら、どんなに楽だろうと思う。彼の戸惑いやためらいをねじ伏せつつ、力業で恋愛に持っていっているのだ。こちらの力が尽きたら、この恋はきっとすぐに終わってしまう。その不安と闘いながらの恋なのだ。本気でないはずがない。ただ、それがなかなか彼に届かないのがもどかしい。

『でも、何だかんだ言って、彼は颯真につき合ってくれていただろう？　僕は、彼もおまえを好きなんだと思ってたけど？　いくらおまえが少林寺の有段者でも、あのガタイの森住くんが本気で抵抗したら、いくらテクニック自慢のおまえでも、彼に挿入なんかできないよ。あ、それとも、おまえの方が入れられてるのかな』

　結局、双子である。おまえの想像どおりだよ。よくわかったな」

「今のところ、おまえの想像どおりだよ。よくわかったな」

『事後を見せてもらったからね。あれだけ、身体中キスマークだらけで、おまけにぐったりしていれば、絶対にやられた方だよな』

　そういえば、こいつは、まだ森住がベッドにいるうちに、乱入してきたんだった。

『僕の見るかぎり、森住くんは、結構颯真のことが好きだと思うよ。でなかったら、ホテルになんか来てくれないだろうし、セックスにも応じてはくれないと思う。彼は結構、倫理観強いタイプだと思うから、それを踏み越えてるところを評価してもいいいんじゃないのかな』

「評価とかそういう問題じゃないんだ」

　貴志は少し苛立ったように言った。

「彼の全部がほしい。彼には私だけを見てほしい。彼が他の人を見ることが許せない。彼に安易に触れる者が許せない」

『あー、何となくわかった』

優真がくっくっと笑っている。

『森住くんの昔の彼女かなんかに会ったな？　で、肩ぽんとかされた』

さすがである。貴志は絶句してしまう。優真はますます笑い、もはや爆笑の域だ。

『すごいなぁ、森住くん。そこまで、颯真を本気にさせるなんて』

「もともと本気だ」

貴志は不機嫌に言う。

「何がそんなにおかしいんだ、優真。笑うだけなら切るぞ」

『待って待って』

一度深呼吸して、ようやく笑いをおさめると、優真は言った。

『じゃあ、一つアドバイスしてあげるよ。すごいなぁ、僕が颯真に恋のアドバイスする日が来るなんてね』

貴志が相手をとっかえひっかえするのに対して、優真はつき合うと長い。確か、最初の彼女とは、ジュニアハイスクールの頃からつき合って、優真が留学してからも一年くらいはつき合っていたはずだ。

『颯真ね、たぶん前のめりすぎ』

「え？」

『夢にまで見た森住くんが目の前にいて、ベッドに引きずり込むことにも成功して、嬉《うれ》しくて仕方ないのはわかるけど、ちょっと冷静になった方がいい』

優真がふっとため息をつくような声を出した。

「煙草《たばこ》吸ってるな？」

喫煙癖は、双子が唯一共有していないものだ。優真も家族の前では吸わない。一人の時だけ吸うことがあるらしい。

「身体に悪いぞ」

『心配させるから、お母さまとおばあさまには内緒だぞ』

くすっと笑って、優真は言葉を続けた。

『常に前に進んでいく颯真の性格は好きだし、尊敬に値すると思うけど、そろそろそれだけじゃやっていけない年になったんだと思うよ、僕たちは』

「優真」

『振り返れとは言わないけど、少し立ち止まって、誰かが追いついてくるのや、道草食ってるのを待つ姿勢も、そろそろ必要なんじゃないのかな』

また優真がため息をついた。

『まぁねぇ、僕としては、このまま破局してくれるのが、いちばん嬉しいんだけど』

「それだけはない」

貴志はきっぱりと言った。

「私が本気になって、到達できなかった目標はない。絶対に、森住先生のことは諦《あきら》めない」

『はいはい』

　優真が仕方ないなぁという口調で言った。

『まぁ、ストーカーとかにはなるなよ。僕と同じ顔のおまえが犯罪者になるのはごめんだよ』

「同じ顔じゃない」

　貴志はぴしゃりと言ってから、ふっと口調を緩めた。

「でも、感謝するよ、優真。私にアドバイスなんかできるのは、やっぱりおまえしかいない」

『それは光栄だね』

　少しシニカルな口調で言ってから、優真はじゃあねと別れを告げる。

『キャンディのサンプル、ちゃんとお父さまに渡しとけよ』

「あ、忘れてたな。まだ残ってたかな」

『こらっ！』

「冗談だ。オテル・オリヴィエの支配人を通して、本社に提出しておいた」

『頼むよ……』

優真は、よくこうして、ものを送ってくる。貴志が試してよかったら、社長である父にサンプルを渡してくれというのだ。大学に入った頃から、あまり接点を持たなくなった父と貴志の間を心配しているらしい。別に不仲ということではなく、お互いに忙しいだけなのだが、こういうことを気にするところが優真らしい細やかさだ。

『じゃあ、切るよ。またな、颯真』

「ああ、ありがとう、優真」

『次に会う時に別れてたら、爆笑してやるよ』

高笑いして、優真の電話は切れた。

「まったく」

スマホを置き、貴志はすっかり冷めたコーヒーを飲み干した。さっきまで感じていた苦みは、いつの間にか香ばしさに変わっていて、深煎りもいいなと思えた。

「シャワー浴びてこよう」

そうだ。彼のために置いてもらったメンズのシャワージェルを使ってみよう。

彼に似合う香りに包まれて、今日は眠ることにしよう。

ACT 5.

朝のセンターは、何かと慌ただしい。夜勤から残っている患者がいなければ、そこまで忙しくはないのだが、夜勤から複数の患者の申し送りがあると、かなり忙しい感じになる。やはり、朝一は、外来に入ってくる患者も多いからだ。

「はよーございまーす」

昨夜、夜勤だった森住《もりずみ》は、眠い目を擦《こす》りながら、朝のミーティングに顔を出していた。

「おはよう、森住」

今日も可愛《かわい》い顔の宮津《みやつ》がにこにこしている。

「あったかくなっていいよねぇ」

小柄な宮津は寒がりだ。フライトもするので、真冬はつらそうだった。肌があまり強くないので、カイロも長時間は使えないらしい。四月になっても、まだ薄いカーディガンを羽織っている。

「昨夜は忙しかったみたいだね」

宮津が言った。ちらりと点滴室の方を見ている。そこには、夜勤で帰宅できず、入院にもならなかった患者が数人、点滴を受けていた。

「午前三時くらいから賑《にぎ》わい始《はじ》めてさ。入院になるほどじゃなかったんだけど、ちょっと様子見したい患者ばっかりで」

「森住は夜勤で寝ない人だから、忙しいと疲れるんじゃない？」

「そうでもねぇよ。かえって、動いてる方が眠気が来なくていい」

森住は答えながら、きょろきょろとあたりを見回していた。

「何か探してるの？」

「あ、いや……」

貴志《きし》とケンカしたのは、一昨日のことだ。ただ、美味《おい》しいごはんを食べたかっただけなのに、なぜかケンカになってしまった。原因はトムなのだが、彼もそれほど過激なことを言ったりしたりしたわけではない。ただ、軽くふざけただけだ。森住には、なぜ貴志があそこまで怒ったのかがわからなかった。何となく、森住もムカついたので、あれから連絡は取っていなかったし、センターにも顔を出していなかった。昨日の夜勤は、神城《かみしろ》と井端《いばた》で、貴志とは一緒にならなかったのだ。

「貴志先生は……？」

「今日は……」

宮津はスクラブのポケットから、小さくたたんだ勤務表を取り出した。

「あ、日勤だね。でも、まだ来てないみたい……」

「まだ来てないって……」

森住は時計を見た。すでに七時半に近い。日勤は午前七時半からだ。いつもなら、貴志は七時過ぎには出勤している。車で通勤しているので、渋滞を避けるために早めに出勤し、医局でゆっくりコーヒーを飲んだり、初療室が忙しそうだったら手伝ったりしているのだ。その貴志がまだ出勤していないという。

「遅くねぇ？」

「うーん、そうだけど。まだ遅刻じゃないからねぇ」

「おはよう」

そこに、篠川《ささがわ》が入ってきた。いつものように颯爽《さっそう》としている。森住は、この目つきの悪いセンター長が疲れた顔をしているのをほとんど見たことがない。夜勤であろうが日勤であろうが、彼はいつも颯爽としていて、もたもたしているスタッフや医師を叱《しか》り飛《と》ばす。何せ、センター長がいちばん元気で、しかもシフトは最も厳しかったりするので、誰も文句を言えないのだ。一種の恐怖政治ではないかと、森住は思っている。

「おはようございます」

スタッフたちがそそくさと集まり、朝のミーティングが始まる。

「はい、じゃあ、今日の連絡事項だけど……」

言いかけて、篠川はうん？　という顔をした。

「何か、足りなくない？　今日の日勤者は……」

「貴志先生がおいでになっていませんわね」

答えたのは、師長の叶《かなえ》だった。

「特に遅刻や欠勤のご連絡はいただいておりませんが」

「渋滞にでも引っかかったかな。車通勤はめんどいよね。事故でもあったかな」

軽く言って、篠川は肩をすくめた。

「ま、外来始まるまではもう少し時間あるからいっか。ええと、話続けるよー」

朝のミーティングは五分ほどで終わり、スタッフたちは仕事に散っていく。森住はぼーっとして、その場に立ち尽くしていた。

「森住？」

初療室担当の宮津が、小首を傾《かし》げて、長身の森住を見上げている。

「どうしたの？　病院の外来ないの？」

「あ、ああ……俺、今日は外来入ってない日だから、病棟に上がって、午後から執刀が入ってるから、手術室だけど……」

何となく、胸がさわさわした。嫌な予感とでもいうのか、落ち着かない。もうセンターに用はなく、これ以上ここにいたら、篠川にこき使われるだけなのに、なぜかセンターから去る気にならない。

「おい、森住先生、どうした？」

夜勤からこのまま日勤に入る神城が、森住の背中をばしっとどやした。

「いてぇっ」

本人は軽く叩《たた》いているつもりかもしれないが、何せ、もともとガタイがよくて、パワフルな男である。その力は半端ではない。

「何するんですか……」

「はは、わりぃわりぃ」

全然悪いと思っていない口調で言って、神城は森住に顔を近づけた。

「どした？　働き足りねぇか？」

「いいえ、お腹《なか》いっぱいです」

森住は笑いながら答えた。

「ただ、貴志先生がいらしてないから……もし欠勤になるなら、手伝わなきゃならないかなって……」

「おお、そういや、あの人形顔がないな」

誰もが思っていても言わないことを、この美丈夫はぺろりと言う。

「まぁ、始業までにはもう少しあるし、そのうち来るだろ。森住先生、上がってよ。そうでないと、センター長に捕まる……」

「森住先生、働きたいなら働いてっていいよ」

相変わらず、気配を消すのが巧みな篠川が、すうっと現れた。森住はぶんぶんと首を横に振る。

「いえいえ、病院に帰りまぁす」

何となく後ろ髪を引かれる思いはあったが、ここは森住の本来の居場所ではない。軽く頭を下げると、病院に向かって歩き出したのだった。

ＰＨＳが鳴ったのは、午前十時を回ろうとした頃だった。

「ごめん、俺、手離せないから、出て」

森住は、病室で処置中だった。ポケットに突っ込んであるＰＨＳを指さすと、心得たナースがＰＨＳを抜き取って、出てくれる。

「はい、森住先生のＰＨＳです。……いえ、先生は今処置中で……は、はいっ」

ナースがびっくりしたような声を出している。

「先生、手下ろしてください」

森住は滅菌グローブをはめての処置中だった。手を下ろすとは、手袋を外すということだ。

「篠川先生がどうしても出てほしいって、おっしゃってます」

「ああ……」

森住は手袋を外した。

「じゃ、あとはソフラとガーゼかぶせて。明日また見るから」

さっと指示をして、ナースからＰＨＳを受け取る。

「はい、森住です」

『森住先生、すぐセンターに来られる？』

「はい……どうしました？」

篠川のやたら滑舌のいい声が言った。

『貴志先生が事故に遭って、救急搬送されてきたんだ』

森住はＰＨＳを取り落としそうになった。

森住がセンターに駆け込むと、初療室に人だかりのようなものが見えた。

『信号で停《と》まっているところに、ノーブレーキのトラックが突っ込んだらしい。乗っていた車が大破して、救出するのに一時間以上かかったんだってさ。とにかく、あなたに診《み》てもらいたいって言ってるから、すぐに来てくれる？』

篠川のきびきびとした口調が、衝撃の事実を伝えた。森住はものも言わずに通話を切ると、病室から飛び出して、エレベーターを待ちきれずに階段を駆け下り、センターに飛び込んだのである。

「篠川先生っ！」

森住が叫ぶと、こちらに背中を向けていた篠川が振り返った。

「おや、早いね」

「は、早いねじゃないですよ……っ！」

森住は篠川に駆け寄った。彼の前にはストレッチャーがあり、不織布のシートが敷かれた上に、ぼろぼろの状態になった貴志が横たわっていた。長い髪にきらきらと光って見えるのは、恐らくガラス片だろう。顔や手に切り傷がいくつもある。救出の時に切られたらしく、仕立ての良さそうなジャケットが切り裂かれて、そばに置かれていた。白いシャツは泥や埃《ほこり》で汚れ、ラインのきれいなパンツも、ジャケットと同様に切り開かれていた。

「貴志先生……っ」

「叫ばなくても、耳は遠くなっていません」

ゆっくりと閉じていた目を開いて、貴志が言った。軽く咳《せ》き込《こ》んで、痛そうな顔をする。意識はしっかりしているようで、滑舌もよく、口調もいつもどおりにクリアだ。

「お、驚かさないでくれよ……」

森住はその場に崩れ落ちそうになっていた。

「あ、あんた、何やってんだよ……っ！　安全性を考えたら、高い車になったんじゃなかったのかよ……っ」

レスキューが入るほどの事故なら、間違いなく車は廃車だろう。限りなく一千万に近い百万円単位の車が一瞬にして、ただの鉄くずになったのだ。

「高い車だったから、この程度ですんだんです」

貴志はきっぱりと言った。

「国産の軽自動車だったら、間違いなく死んでましたね」

「さらっと言うな、さらっと！」

心臓が止まるかと思った。いや、貴志が救急搬送されてきたと聞いた瞬間、確かに森住の息も心臓も動きを止めていたと思う。あの頑丈そうな高級車が大破したと聞いて、手足が冷たくなった。

「何……一時間以上も、車の中に閉じ込められてるんだよ……っ。下手したら……死ぬじゃねぇかっ！　燃料に引火して、爆発したら……あんた、本当に死んでたぞ……っ！」

「だから、大きな声を出さないでください。骨に響きます」

貴志が顔をしかめた。森住ははっと我に返る。慌てて、救急隊が置いていくプレホスピタルレコードを見た。傷病者が救急車を呼ぶに至った過程や、接触時の様子、バイタル、既往症などが記録されたものである。

「左足……」

プレホスピタルレコードには『左下腿《かたい》を車体に挟まれ、自力での脱出が不可能であったため、レスキュー隊により救出』とあった。

「左足、どうしたんだよ……っ」

確かに、貴志のパンツは、左膝《ひだりひざ》のあたりから切り開かれていた。

「信号で止まっていたんですが、私はいちばん前ではなく、前に十トン車がいまして、後ろから突っ込んだのも十トン車でした」

「ひえ……」

「我が愛車は私を乗せたまま、前の車の下に潜り込んでしまいまして、ほぼ完全に潰《つぶ》れてしまいました。私がこのとおり潰れずにすんだのは、やはり……高い車だったからだと思いますよ」

「わ、わかったから、もうしゃべるなっ」

森住は、まだ何かしゃべりそうな貴志を押しとどめると、診察を始めた。

「バイタルは……」

「安定していますので、問題ありません」

筧《かけい》がすぐに答えた。篠川が指示をしていたらしく、すでにルートは確保されて、点滴が施され、モニターもつけられている。

「意識も見当識も問題ないよ。この人、やっぱりアンドロイドじゃないの？」

つけつけと言うのは、もちろんその篠川だ。彼と筧以外のスタッフは、名残惜しそうな様子を見せながらも、それぞれのポジションに散っていった。貴志のことは気になるが、患者は彼だけではない。

「やめてください。冗談になりませんよ……」

森住は、車体に挟まれていたという左の下腿を見た。膝は少しぐらついているので、靭《じん》帯《たい》損傷の可能性がある。膝のすぐ下から下腿の真ん中あたりがかなり腫《は》れ上《あ》がり、変形も見られる。恐らく骨折しているだろう。足関節は少し腫れているが、触診でも痛みを訴えないので、ここは問題なさそうだ。

「……足以外に痛いところは？」

「まぁ……体中痛いですけど、呼吸もできていますし」

まったく、こんな時でも、何でこいつはこんなに冷静なんだ。見ている森住の方が、動《どう》悸《き》がおさまらず、必死に自分をコントロールしないと、手が震えそうになっているのに。

貴志は、いつも毛筋ほども乱れた姿を見せなかった。考えてみたら、森住は彼の寝顔さえ、ほとんど見たことがない。森住が寝穢《いぎたな》く、ごろごろしていても、彼はきちんと起きて、シャワーを浴び、森住には、ちゃんと身繕いした姿しか見せていなかった。

そんな彼が、ぼろぼろになった姿をさらしているのは、痛々しくて、見ている方がつらい。森住は喉《のど》の奥がきゅうっとするのを感じた。そして、自分が泣きそうになっていることにびっくりした。

「……レントゲンとCT行きます」

森住はもう一度バイタルを確認してから、電子カルテに向かい、いつもより少し時間がかかりながらも、何とか指示を打ち込んだ。

「俺、付いていきますんで。筧くん、CT室、誰か入ってるかな」

「いえ、今のところは空いているはずです。連絡しておきますね」

そう言いながら、筧がひょいと手を出した。

「え？」

渡されたのは、あたたかい蒸しタオルだった。

「美形が薄汚れてるのって、壊れた人形っぽくて、見ている方がきついので、拭《ふ》いてあげてください」

素っ気なく言っているが、筧は、森住がなるべく貴志の顔を見ないようにしていることに気づいたのだろう。筧の言うとおりだった。

〝神城先生が彼を手放せないって、よく言ってるの……わかる気がする……〟

タオルを受け取り、森住はこくりと頷《うなず》くと、ストレッチャーを押して歩き出した。


「まぁ、奇跡的だろうね」

基本検査を終え、すべてのデータが揃《そろ》ったところで、篠川が言った。

「さっき、事故のニュース、テレビでやってて、病院の方のホールで見たけど、大破とか言うのが可愛いレベル。普通あれ見たら、まぁ、生きていないと思うよね」

「……やめてください」

森住は懇願するように言った。

「俺、そういうの弱いんですよ……」

全身のCTも確認のため撮ってみたが、貴志のけがは細かいかすり傷や切り傷を除けば、左下腿の骨折と膝の靱帯損傷だけだった。もちろん、全身を強く打っているし、首も後で痛くなってくる可能性が高いが、現時点ですぐに手術に行かなければならないようなけがは、左下腿の単純骨折だった。脛骨《けいこつ》、腓骨《ひこつ》共に折れており、整復して、プレート固定が必要そうだ。

レントゲンやCTを確認して、深刻なけががそれだけだとわかった時、森住は本当にその場に座り込みそうになった。

〝俺が……治せる……〟

彼の真珠色の肌にメスを入れなければならないのは、痛恨の極みだが、それでも、自分の手で手術し、治療できることに、心から感謝したい気分だった。

「森住先生」

初療室の隅に立てられたパーティションから、ひょいと筧が顔を出した。

「終わりました。ムンテラお願いします」

「あ、ああ……すぐ行く」

検査をすべて終えた貴志の身体《からだ》や髪からガラス片を取り除き、清拭《せいしき》をして、着替えさせるように筧に頼んだのだ。やはり、彼を壊れた人形のようにしておくのは、森住の感情的に無理だった。少しでも、普段の彼に近い状態に戻ってからでないと、真正面から向き合う勇気が出なかったのだ。

「じゃ、お願いします」

すっと筧がパーティションから出ていった。初療室の片隅なので、まわりの音はもちろん聞こえているが、今ここにいるのは、森住と貴志だけだ。几帳面《きちょうめん》な筧らしく、貴志の長い髪まできちんと整えられている。さすがに顔色は優れないが、オリーブグリーンの瞳《ひとみ》に宿る知的な光は、いつもどおりだ。

森住は、小さく息をついてから、話し始めた。

「結果から言う」

「左下腿の単純骨折だ。脛骨、腓骨共に骨折しているし、転位が結構あるから、観血的に整復して、プレート固定した方がいいと思う。あと、膝の内側側副靱帯が損傷しているが、そっちはそのままでいいと思う。手術後に歩行訓練を始めてから、あまりにぐらつきが気になるようだったら、関節鏡視下の手術を考えればいいと思うけど、俺としては、あんたくらい筋力がしっかりしていれば、リハビリで対応可能だと思う」

「わかりました」

貴志が頷いた。

「私の自己診断とだいたい一致していますね。体感的に、そんなものだと思っていました」

やはり、この御仁は普通ではない。一時間以上も潰れた車内に閉じ込められていながら、自分の身体を自己診断していたというのだ。

「あんた……何言ってんだよ……っ」

森住は本当に泣きそうになっている自分に驚いていた。感情のコントロールがうまくできなくて、今にも涙が溢《あふ》れそうだ。

「あんたが……救急搬送されてきたって聞いた時、俺がどんな気持ちになったのか……今どんな気持ちなのか……わかってんのかよ……っ」

「森住先生……」

貴志がびっくりしたような顔をしている。

「もしかして、泣いているんですか？」

「な、泣くわけねぇだろ……っ！」

森住はごしごしと目のあたりを擦った。まるで子供のような仕草だ。

「と、とにかく、脚長《きゃくちょう》を一致させるためには、手術は早い方がいい。今日の午後からの手術にねじ込む。家族の同意はとれるか？」

「ええ。両親と兄は日本にいませんが、祖父母が鎌倉《かまくら》にいます。高齢ですので、すぐにここに来ることは難しいですが、電話で同意が取れます。書類は、会社のスタッフが運んでくれますので、今日中にサインを入れて、届けられると思います」

貴志は淡々と言った。

「森住先生」

貴志の美しい瞳が、まっすぐに森住を見た。きんと澄み返った透き通った瞳が、森住を見つめている。

「今さらかもしれませんが、執刀してくださいますね？　私の手術」

「あ、ああ、今さらだ……っ」

森住はやけくそのように言う。

「俺以外が、あんたの身体に傷をつけることは許さないし、許せない。あんたの身体にメスを入れることができるのは、俺だけだ」

「森住先生」

すっと貴志が手を持ち上げた。すらりと指の長い美しい手だが、今は痛々しく傷だらけで、でも、やはり形のよい、貴族的な手だ。微《かす》かにその指先が震えている。どこか痛いのか。つらいのか。森住は慌てて、その手を取った。

「今の言葉は、まるで愛の告白のように聞こえますが」

二人を囲んでいるパーティションは、ごく薄い白い綿布でできたもので、声もまる聞こえだし、もしかしたら、影も映って見えているかもしれない。今にも、誰かが入ってくるかもしれない。しかし、今の森住には、そんなことを思う余裕もなかった。

「そう思いたきゃ思えよ……っ」

伸ばされた手に唇を寄せる。

「愛の告白でも何でもいい……っ！　俺に、二度とこんな思いをさせるな……っ！　心臓が止まるのは、一生に一回でいい……っ」

彼を失いたくない。彼のぬくもりを、甘い素肌の香りを、この美しい宝石のような瞳を失いたくない。ずっとずっとそばにいてほしい。ずっとずっとそばにいたい。切実な思い

が押し寄せて、ついにぽろりと一粒の涙になってこぼれた。

「頼むから……もうこんな思いをさせないでくれ……っ」

彼の滑らかな手が、そっと森住の頰《ほお》を包んだ。

確かにここにいる。傷ついてはいるが、彼はここにいる。柔らかな手は確かに森住の頰を撫《な》で、こぼれた涙を受け止めてくれる。

「言いなさい」

彼の声が、めずらしくもわずかにかすれていた。

「私に言いなさい」

甘く命じる。

「愛していると言いなさい」

どんな時でも、やはり魔王は魔王で、強い姿勢を崩さない。こんな時でも、蠱惑《こわく》の笑みを浮かべて、森住に命じる。

「ちゃんと言えたら、あなたのメスを受け入れます」

跪《ひざまず》くしかない。もう、この美しき魔王の下《もと》に。

きっと出会った時から、もう運命は決まっていたのだ。

勝てるはずがない。相手は、命をかけて、愛の言葉をねだる魔王なのだから。

「……愛している」

愛《いと》しい指先に口づけて、森住は涙のたまったブルーブラックの瞳で、見つめる。

「……馬鹿野郎《ばかやろう》……っ！」

もう逃げられない。

その愛しい瞳から。


森住は、少し怪しくなった視界を気にしながら、パーティションを出た。これから、手術の指示を出し、手術室の確保をし、麻酔や前立ちの確保もしなければならない。目をゴシゴシしながら、ちょうど通りかかった筧をつかまえる。

「俺、貴志先生の手術の準備でいったん上がるから、ちょっとまかせていいかな。病室の確保して、すぐ連絡するから」

筧はちらりと視線をよこした。

「病室の確保ならしてあります。第二病棟の個室が空いていたので、今、準備してもらっています」

さすが、センター一のスーパーナースだ。

「入院指示は、神城先生に一応もらいましたので、確認してください。手術室の確保は今、神城先生が交渉中です。まぁ、あの人のことですから、最優先でねじ込んでくるでしょうね」

筧は、妙に冷めた口調で言った。

「器材の確認もしてくると思いますが、執刀医は森住先生ですので、再度ご確認をお願いします」

「あ、ああ……」

「貴志先生のことはご心配なく。病室の準備ができましたら、責任もって上げますので。あ、それから、病室にプレートは出しません。病棟のいちばん奥、東側の個室です」

言うべきことを言ってしまうと、筧は失礼しましたと言って、さっと去ろうとした。その肩に、森住は軽く手をかける。

「あ、あのさ」

「はい？」

怪訝《けげん》そうに振り返る。忙しいのになという顔である。森住は少し早口に言った。

「さっき、ありがとうな」

「何がですか？」

「あ、あの、蒸しタオル渡してくれただろ。貴志先生の顔とか拭いてあげるのに」

「ああ……」

筧は頷いて、少し笑った。

「さっき言ったとおりですよ。美形は常に美形でいるのが義務ですからね。美しくいていただかないと」

　そして、ちらりと森住を見る。

「それに、先生がすごくつらそうだったので」

「え……」

「大事なものを傷つけられた顔をされていました」

　筧はさらりと言った。聞いてしまった森住の方が赤くなっている。

「か、筧くん……」

「俺も同じ気持ちになったことがあるんで、よくわかるんです」

　いつもシャープな表情をしている筧が、一瞬優しい顔になった。

「……神城先生が強盗と大立ち回りやらかして、けがをされた時、俺もきっと、先生と同じ顔をしていたと思うんです。自分のことなら我慢もできるし、平気だって言い切れるんですけど、それが……好きな人だと困ります。どこにも気持ちの持っていきようがなくて、泣きそうになってしまうんです」

　筧は口数の多い方ではない。そして、口を開けば、出てくるのは辛らつな言葉が多い。こんな風に優しい口調で話すのを、森住は初めて聞いた気がした。

「あ、そろそろ点滴終わるかも。神城先生の指示で差し替えますんで、不都合があったら、病棟で再度差し替えてください」

てきぱきとした口調に戻って、筧はさっとパーティションの中に入っていった。

残された森住は、少しの間、呆然《ぼうぜん》と立ち尽くしていた。

「やっぱり……神城先生と筧って……」

あの二人が、神城の家で同居しているのは知っているし、『le cocon《ル・ココン》』にもよく二人で来ているのも見ている。しかし、筧の口から、あれだけはっきりと、神城を『好きな人』と聞いたのは、初めてだった。

「好きな人……か」

自分と貴志の間柄は、それほど可愛らしいものではない気もするが、やはり、好きか嫌いかの二択で考えれば、間違いなく『好き』の方に、天秤《てんびん》は傾く。

「さて……っ」

とりあえず、前に進もう。あの愛しくも憎らしい魔王殿を手術室に放り込んで、元どおりの完璧《かんぺき》な貴志颯真《そうま》を取り戻してやる。

ACT 6.

貴志《きし》の入院は二週間だった。骨折部分をプレートで固定したので、一週間くらいで退院してもよかったのだが、ホテルで一人暮らしという生活環境から、ある程度動けるようになるまでは入院していた方がいいだろうという、主治医である森住《もりずみ》の判断で、二週間まで入院を延ばしたのだ。本当はもっと入院させておきたかったのだが、それ以上は、貴志に拒否されてしまった。

「いくら、あなたの頼みでも、これ以上は聞けません」

術後からリハビリがあるので、貴志はパジャマではなく、ブランドものらしいトレーナーとゆったりとしたパンツという姿で、ベッドに座っていた。昼間寝てしまうと、夜に寝られなくなると、昼間の彼は、リハビリをしていない時間は、ベッドに座って、パソコンで何か作業をしているか、本や雑誌を読んでいた。

貴志のベッドの周りにあったのは、すべてが英語の書籍だった。医学雑誌もすべて英語で、森住も一応学位は持っているので、英語論文は書いたし、読むこともできるが、ここまで英語漬けになったことはない。英語と日本語、どちらで夢を見るんだ？　と聞いてみたことがあるが、さぁ、どうでしょうねとはぐらかされてしまった。

「じゃあ、実家に帰ったらどうだ？　鎌倉《かまくら》の実家に帰って、ゆっくりしたら？」

「嫌です」

ぴしゃりと言われた。

「子供じゃあるまいし、今さら、祖父母の世話になんかなれません」

「なれませんって……使用人？　いるんだろ？」

「彼らは、祖父母に仕えるためにいるんです。私の世話をさせるわけにいきません」

二週間の入院で、貴志は少し痩《や》せたようだった。やつれた感じはしないが、もともと小さな顔がまたきゅっとさらに小さくなった気がする。

「とにかく、私はホテルの方に戻ります。オテル・オリヴィエはバリアフリーに対応していますし、第一、私は歩けますよ」

「………」

貴志のリハビリは、森住も見ていた。確かに、貴志の回復はなかなかに凄《すさ》まじく、術後、わずか二週間で、片手のクラッチだけで、移動できるようになっていた。たぶん、やろうと思えば、杖《つえ》なしの歩行もできそうだが、それはさすがに理学療法士が止めた。

「仕事の休みは、いつまでだ？　それに合わせて、診断書を書くが」

「それを忖度《そんたく》と言います」

つけつけと言いやがった。

「どのくらいなら書けますか？」

そう問われて、森住は軽く首を傾《かし》げた。

こんなにやる気のありすぎる患者は見たことがない。高級外車が大破し、廃車になるくらいの事故に遭い、事故から三日間は、さしものアンドロイドも起き上がれなくなったのだ。普通ならそこで心が折れ、めいっぱい休みたくなるところなのだが、こいつはめげなかった。起き上がれるようになると、それまでの三日間を取り戻すかのように、リハビリを開始し、理学療法士が止めに入るくらいの、アスリートぶりを見せたのだ。

「全治は三ヵ月だ。びた一日まからないぞ」

「全治はね」

にやりと笑った。彼も医師なのだ。全治の意味は知っている。全治とは、医療の必要がなくなることで、仕事などに戻れない期間ではない。だから、全治三ヵ月といっても、リハビリをしながら、仕事復帰する例はめずらしくない。だが、彼の職業は、激務である救命救急医なのだ。当然のことながら、初療室を走り回らなければならないこともある。

「とりあえず、篠川《ささがわ》先生や神城《かみしろ》先生と相談だな。俺は決められないよ。あんたが、センターでどういう働き方をしてるかも、完全に把握してるわけじゃないし」

「仕事なら、明日からでも戻れますよ」

涼しい顔で言いやがる。

「おかげさまで、頭の中身は無事でしたし、クラッチを使えば自力歩行も可能です。救命救急医は、走るだけが能じゃありませんよ」

「あ、それはやめてほしい」

妙に切れのいい口調の言葉が聞こえて、森住は仰天した。慌てて、病室の入り口を振り返る。

「はい、お邪魔」

すっと入ってきたのは、篠川だった。

「貴志先生、ニュースになるくらいの事故に遭った重傷者を、たった二週間で職場復帰させたなんて知れたら、どんなブラックだって言われるよ。労基に痛くもない……いや、痛いところもあるか……とにかく、腹を探られるのはごめんだし、妙な調査とかで時間を取られるのも好ましくない。よって、最低でも一ヵ月は休んでもらうよ」

「一ヵ月……」

森住は、考えを巡らせていた。下腿骨《かたい》折で観血的整復の患者だ。二週間の入院と二週間の自宅療養は適正か。

「もちろん、全治まで休みたかったら、それもありだよ。完全なもらい事故だし、通勤災害でもあるから、金銭的には大丈夫でしょ？」

篠川は淡々と言った。

「そのあたりは、あなただって医者なんだから、自分の身体《からだ》と相談して。いちばん困るのが、大丈夫って言って出てきて、すぐにまた休むこと。ちゃんと働けるって、確信が持てたら出てきて」

「わかりました」

貴志は素直に応じた。理路整然とした主張には、わりとすんなりと従うのである。

「それでは、とりあえず一ヵ月の休職をお願いいたします。一ヵ月休んだところで、仕事に戻れるかどうか、また判断させてください」

「賢明だね」

篠川は軽く頷《うなず》いた。

「くれぐれも無理はしないように。数ヵ月休んだくらいで、あなたの席がなくなるくらいならいいんだけど、センターはそこまで人手が豊富じゃなくてね。あなたが嫌でなければ、いつでも戻ってきてほしい」

「ありがとうございます」

センターの医師が、ここまでの大けがをして戦線を離脱したことはなかったはずだ。貴志の前任者だった浅香《あさか》が、A型肝炎を発症して、一ヵ月ちょっと休んだことがあったが、あれは肝炎さえ治ってしまえば、すぐに働ける状態だったが、貴志のけがはそうではない。全治三ヵ月とは言っているが、一年くらい経《た》ったら、挿入してあるプレートを除去するが、そうするとまた手術だ。完全に元に戻るには、たぶん一年半くらいかかるだろう。脚長には気をつけて手術をしたので、問題はないと思うが、これで左右の脚長が変わってしまったら、跛行《はこう》は一生ものになる。つまり、完治はないということだ。

「ま、リハも無理しないでやって。ＰＴ（理学療法士）たちが怯《おび》えてたよ」

病室を出ていきしなに、篠川がくるっと振り返った。

「怯えてた？」

森住がきょとんとして返す。

「何で怯えるんですか？」

「この人、痛覚がないらしくてさ」

篠川が微《かす》かに笑っている。いつも仏頂面の彼にはめずらしい表情だ。

「普通の人なら絶対に痛がる加重のかけ方とかしても、全然平気な顔してるって。歩行練習も全然怖がらないで、とっとと歩いちゃうし。さすがアンドロイドだよね。森住先生、この人に何か改造手術でもしたんじゃないの？」

「……俺はショッカーですか」

「古い」

二人の会話を、貴志はわずかに首を傾げて聞いている。篠川がぷっと吹き出した。

「まぁ、焦らずにやって。救命救急医は頭と体力と機動力のある足が命だよ。うちが嫌でなかったら、帰ってきて」

さらりと温かみのある言葉を残して、篠川は病室を出ていった。

「……一ヵ月か」

森住はすとんとベッドサイドの椅子《いす》に座った。

「結構長いな」

「あと二週間ですよ」

貴志は、まるで森住を慰めるかのように言う。

「事故から今日までの二週間は短かったですから、この後の二週間も短いですよ」

そして、決まりすぎるウインクを送ってくる。

「でも、一ヵ月の禁欲は、正直こたえますが」

「あ、あんた……」

呆《あき》れた。あんな、生きるか死ぬかの事故に遭っていながら、この不死の美人は、ぺろりとこういうことを言う。

「あんたの頭の中、どうなってんだよ……」

がっくりと頭《こうべ》を垂れた森住に、貴志の手がすっと伸びてきた。髪の中に指を滑り込ませて、軽く撫《な》で上《あ》げる。

「ものすごい衝撃があって」

ふいに、貴志は淡々とした口調で言った。

「車は私のコントロールを離れて、まるで吸い込まれるように、前のトラックの下に滑り込んでいって、私は動けなくなりました」

「あんた……」

貴志が事故の話をするのは、初めてだった。

森住はあえて、事故の話をすることを避けていた。あとで、こっそりと事故現場を見に行ったが、片付けられていたにもかかわらず、ガラス片や塗膜片が大量に飛び散り、事故の凄まじさがうかがい知れた。テレビや新聞にも、この大事故のニュースは出ていて、トラック二台に挟まれた貴志の乗用車は、外からはまるで見えないくらいにぺしゃんこになっていて、どうやって助かったんだろうと思ってしまったくらいだ。

彼が事故の話をしないということは、きっと話したくないのだと思った。その出来事を口にすることで、追体験してしまい、よりショックが大きくなる事例は多い。だから、何も言わなかったのだが。

「ありがたいことに、スマホは生きていたので、事故の一報を入れたのは私なんです。ついでに、衝突したトラック二台の間に乗用車が一台埋まっているからと話しておいたの

で、最初にレスキューが来てくれて、まぁ、クラッシャブル・ゾーンのおかげで助かった
と思うんですけど、下手すると、外から見えなくて、助けてもらえないかもと思うくらいに潰れていたので」

聞いているだけで、ぞっとするほど恐ろしく、痛々しい体験だった。しかし、貴志はいつもと変わらない、静かで優雅な佇《たたず》まいだ。

「左足がダメージを受けたのは、わかっていました。しかし、その痛みのおかげで、私は自分が生きているんだと思えた。そして」

彼の手がすうっと滑り、森住の首筋を撫で、柔らかな手のひらで頬《ほお》を包んだ。

「あなたにもう一度会えると思えたんです」

「それが」

するりとまた手が滑る。森住の胸に滑り降りて、素肌の上に着ているスクラブの胸元を指先で探り、ぷくんと透ける乳首を探している。

「何で、ここに繋《つな》がるわけ？」

くすぐったくて仕方がない。いや、今はくすぐったいで済むが、彼の妖《あや》しい指は、すぐに別の感覚を思い出させてくるはずだ。

「愛している相手がいて、その人をもう一度抱きたいと思ってはいけませんか？　その気持ちが私を支えてくれたんです。そうでなければ、あの痛みと衝撃、爆発するかもしれな

いという恐怖には耐えきれませんでしたよ」

　さらさらと言っているので、彼がどこまで本気なのかがわかりにくい。本当のことを言っているのか、それとも、特殊すぎる体験を盾にして、森住を丸め込もうとしているのかがわからない。何せ、相手は魔王だ。美しすぎ、常人には理解できない精神構造を持った魔王なのだ。

「それで……とっとと病院なんざ抜け出して……やりたいわけだ」

　露悪的な言葉を吐かなければ、ちょっと我慢できないくらいに、彼の指先が妖しく蠢《うごめ》く。とっくに乳首を探り当てて、爪《つめ》の先で軽く引っかいたり、きゅっときつく摘まんだりして、遊んでいる。

「おい、やめろって……っ」

　下半身がまずくなってきた。森住は貴志の手を摑《つか》んで、自分の胸から引《ひ》き剝《は》がす。

「……医局ならまだいいが、病室で盛るな……っ」

「医局と病室の差がよくわかりませんが」

　貴志はくすくすと少し嬉《うれ》しそうに笑っている。

「医局ならいいという言質《げんち》は取れましたので、仕事復帰できたら、一度医局で試しましょう」

「おい、やめろ」

身体のダメージは置いておいて、強靭《きょうじん》な彼の精神は、もうすっかり元に戻っているようだ。

「言っておくが、あんたの足はまだ、自由自在になる状態じゃ……」

言いかけて、ふと気づいた。ふっと悪い笑いが浮かんでしまった。

「とても、ベッドの上で暴れられる状態じゃないんだぜ？」

「相手が暴れなければ、押さえつける必要もありませんよ」

間髪を入れずに言い返してくるが、森住はそこで、彼を真似《まね》て、にいっと笑ってみた。

「まぐろになる分にはいいと思うがな」

「まぐろ？」

一瞬きょとんとしたのが、ちょっと可愛《かわい》いと思ってしまった。

「それは、私の上で好き放題したいということですか？」

だから、その美しい微笑《ほほえ》みで、そういう下世話なことを言うな。

「……たまにはいいだろうが」

トムに再会した時に、はっと我に返った。

そうだ。本来、自分は口説く側ではなかったか。相手を口説き落として、ベッドに誘い、抱く側ではなかったか。トムとはそういう関係にはならなかったが、いろいろなものが上手《うま》くかちりとはまったら、一度だけ出かけたリゾートホテルのベッドで、彼を抱いていたかもしれない。

「いいですよ」

貴志が森住以上に悪い顔をした。唇の端を軽く吊《つ》り上《あ》げて、大きめの犬歯がちらりとのぞく。そうか、本当に悪い顔というのは、こういうものか。

「できるものなら、やってみてください。別に嫌いじゃないので」

あっさりと言って、そして、彼はさらに悪い笑みを浮かべる。するりと器用な手が、森住のスクラブをめくり上げて、素肌に触れ、さらりと撫で上げながら、さっきの刺激で少し硬くなっていた乳首を探り当てる。つるつるとした先端を滑らかな指の腹でするっと撫でられた。

「できるものならね」

翌日の午後、貴志は退院した。

「お帰りなさいませ、颯真《そうま》さま」

事故以来、久しぶりに帰ったオテル・オリヴィエで、支配人が丁重に迎えてくれる。

「お部屋までお供いたしましょうか」

「いや、いいよ」

貴志はにっこりと微笑んだ。

「森住先生が一緒に来てくれるから。あとで食事をしたいから、『ポタジェ』に予約入れといてくれるかな。そうだな、午後七時に二人で」

「承りました。ご退院おめでとうございます」

深々とした一礼を受けて、貴志は自分の部屋に向かって歩き出す。ふかふかのカーペットに足を取られないかと、森住は少しひやひやしたが、貴志がそんな間抜けなことをするはずがない。つまずくこともなく、少し懐かしくなってしまったホテルの部屋にたどり着く。ドアを開けると、微かに甘い香りがして、何かと思ったら、銀のシャンパンクーラーに、貴志の好むルイ・ロデレール　クリスタルが冷やされており、グラスも用意されていた。そして、色とりどりのウェルカムフルーツ。

「まるで、新婚旅行先のリゾートホテルみたいだな」

荷物持ちでついてきた森住は、正直な感想を漏らした。

今日の午後は、病棟回りの予定だったので、午前中にがんばって終わらせて、午後は半休を取った。医師の常で、有給なんて取ったこともないから、休みは売るほどある。

「へぇ、そうなんですか」

部屋に入るなり、貴志は腕からクラッチを外した。松葉杖《まつばづえ》は脇《わき》の下《した》が痛くなると、貴志は嫌がり、前腕に固定する形のクラッチを使っていた。それをさっさと外してしまい、足を軽く引きずりながらだが、不自由なく歩き、クローゼットにジャケットを片付けた。森住が持ってきた小型のボストンバッグも、そのままクローゼットに入れる。

「洗濯物とか分けなくていいのか？」

「ああ、中で分けてあるので、あとでクリーニングサービスに頼みます」

「あ、そう……」

そうだった。ここには洗濯機もなかったっけ。

「せっかく冷やしてありますから、シャンパン飲みませんか？」

「いや、あんたは座ってろよ」

いつものように動き回る貴志に、森住の方が慌てる。

「俺がやるから！」

貴志がくすりと笑った。

「優しいですね」

「主治医の義務だ」

森住は、シャンパンクーラーからボトルを抜くと、ナプキンでしずくを拭《ぬぐ》い、器用に抜栓した。ポンと軽い音を立てただけで、コルクを飛ばさない森住に、貴志がへぇっという顔をしている。

「上手ですね」

「俺を育ててくれたじいさんが、ワインを趣味にしていたんだよ。この手のボトルの抜栓は、子供の頃に仕込まれた」

少しテーブルにボトルを置いて、シャンパンを落ち着かせると、グラスにゆっくりと注ぐ。ふわふわと上がる、光の粒のような細かい泡。

「はいよ」

「ありがとうございます」

ソファに座った貴志のそばに立ち、森住はグラスを差し出した。二人はそれぞれにグラスを持ち、チンと軽く触れ合わせる。

「退院おめでとう」

「ありがとうございます」

貴志はふわりと微笑んだ。大輪の花が開くような、華やかな微笑みだ。森住はしばしうっとりと見つめてしまう。もともと美しいものは大好きだ。何だかんだ言って、彼から離れられないのは、彼のこの極上の美貌《びぼう》による。

「すべて、あなたのおかげです」

シャンパンを一口飲んで、貴志は柔らかな口調で言った。

「私があの事故から生還できたのも、このとおり歩けるようになったのも」

「あんた……」

「あなたを愛しているから、私は今、ここにいます」

彼は言葉を飾らない。言いたいことを言いたいように言う。だからこそ、彼の言葉は信じられる。

「……あんた、俺を過大評価しすぎ」

森住は少し照れたように、ごくりとシャンパンを飲んだ。そして、炭酸にむせそうになる。

「……あんたが思うほどのもんじゃないぞ、俺」

「そんなことはありませんよ」

グラスを置き、貴志はゆっくりと手を伸べる。

「少し疲れました。ベッドに連れていってください」

「あ、ああ……」

森住もグラスを置き、貴志の手を取って、そっと立ち上がらせる。

「あんたがもうちょっとちっちゃかったら、お姫様抱っこしてやるのにな」

「あのウェイターくんくらいのサイズ感ですか？」

きれいな色の瞳《ひとみ》に、めらっと金色の嫉妬《しっと》の炎。森住はへ？　という顔をしてから、破顔した。

「あいつとは、本当に何にもねぇよ。あいつはセレブ好みだからな。俺なんか、相手にもしていなかったよ」

「あなたは十分にセレブですよ」

まだ歩行が不安定な彼の腰を引き寄せて、ゆっくりとベッドルームへのドアを開ける。

「俺が？　何で？」

ベッドはきれいに整えられていた。ふっくらとベッドにかけられているブランケットを折り返して、すべすべと滑らかなシーツの上に、貴志を座らせる。

「全然セレブじゃないぜ。ただの勤務医だ」

「勤務医をサラリーマンだと思っているのは、本人だけですよ」

妙に色っぽい感じのするシルクのパジャマも整えられていた。貴志のシャツのボタンを外して、真珠色の胸を露《あらわ》にする。きれいにうっすらと筋肉のついた身体。少林寺拳法《しょうりんじけんぽう》で鍛えているだけあって、しなやかで美しい身体だ。白い胸に、薄赤い乳首が目立つ。

彼と何度も身体を重ねているが、まだ明るい昼間の光の中で、じっくりと彼の身体を眺めたのは初めてだ。ほっそりと引き締まった腰。床に跪《ひざまず》いて、チノパンも脱がせるとすらっとした脚線も露になった。痛々しい手術の傷跡は、すでに薄ピンク色に乾き、肉がきれいに上がっている。

「……約束を思い出した」

森住は、貴志にパジャマを着せるのをやめた。そっと両足を片手で抱え上げて、彼をベッドに寝かせる。

「やらせてくれるんだろ？」

「……できるものなら」

貴志が不敵に笑う。

「その方が、私も楽ですしね」

「……言ってろ」

まだ外は明るい。カーテンを引かなければと一瞬考えたが、真っ昼間からベッドで絡み合うのも、背徳感満載で悪くない。服を脱ぎ捨てる森住を、貴志のオリーブグリーンの瞳がじっと見つめている。きちんと筋肉のついた身体は、見られても恥ずかしくない程度には鍛えてある。思い切りよく素《す》っ裸《ぱだか》になると、貴志が笑い出した。

「な、何だよ……っ」

「いえ、まるでプールに入る前の小学生みたいだなって思って」

「うるせぇや」

ベッドに片膝《かたひざ》をのせる。きしりと微かなスプリングの音がした。

ゆっくりと、彼の上に覆《おお》い被《かぶ》さる。ふんわりと柔らかな体温が寄り添ってくる。

また彼がくすりと笑った。

「だから、何なんだよ」

「本来の場所に戻ったって感じで、安心したでしょう？」

「……いちいち、人の心を読むな」

彼のしなやかな手がするりと背中に回ってくる。ゆったりと抱きしめて、彼は軽く首を横に向け、森住の耳元にささやいた。

「それで？　私をどう楽しませてくれるんですか？」

嫌な言い方をしやがる。目の前にある彼の白い首筋に、一瞬ぞくりとした。すべすべと滑らかな首筋にはしみ一つなく、薄青く血管が浮いて見えて、かじりつきたくなった。そこに唇を押し当て、肌の香りを吸い込んだ。彼の素肌のあたたかな香り。病院でしかシャワーを浴びていなかったので、いつもの甘い花の香りはしなかったが、彼の肌からはあたたかな香りがした。軽く吸い上げてから、ゆっくりと歯を立てた。背中に回っていた彼の指がきゅっと軽く曲がり、森住の背に爪を立てる。

「このまま……あんたの血をすすりたくなるな」

彼の素肌に触れて、初めてわかった。このぬくもりに、自分は驚くほど飢えていた。仕事の忙しさにかまけて、一ヵ月やそこらの禁欲が、今までないことはなかったが、彼の肌に触れた瞬間に、どくりと下腹部が疼《うず》くほど飢えたことはなかった。

「それは、私もいつもそう思っていますよ」

彼が答えた。

「いつも、あなたのすべてを搾り取って、飲み干したくなる」

彼の方が物騒だ。首筋に食いつきながら、彼の下着の中に手を滑り込ませた。しなやかな生地が指に心地いい。完璧《かんぺき》なカーブを描くヒップラインを楽しみながら、下着をするりと下ろした。

「あんたの身体、気持ちいいな」

思わずつぶやいた。すべすべと滑らかな肌。ごつごつとしない程度に、ほどよくしなやかな筋肉で覆われた身体は、抜群に抱き心地がよく、多少の無理を仕掛けても大丈夫そうだ。それに、身体のサイズ的にほぼ同じなので、抱き合っていて安心感があり、何だか楽なのだ。

すっと手で包んだ彼の大事なところは、まだ眠りかけていた。森住が少し手に力を込めて、刺激を与えると、むくりと震える。

「感度はまずまずだな」

「あなたに触られているんですからね」

彼がうっとりと答える。

「あなたの手もとても気持ちいいですね。あたたかくて、とても気持ちがいい」

そして、少しだけ声をかすれさせる。

「あたたかくて、気持ちがいい。まるで、あなたの中みたいに」

声だけで、こっちが反応しそうになった。

〝やべぇ……〟

彼の足を少し開かせて、太股《ふともも》の内側に手を滑らせる。柔らかい肌だ。しっとりとあたたかく、ずっと撫でていたくなる。彼がそっと森住の背中に回していた腕の力を強めた。きゅうっと抱きしめて、身体をぴったりと密着させ、軽く腰を揺する。

「わ……っ」

思わず声が出た。何せ、身体のサイズが一緒なのだ。彼の大切なものがある場所には、こっちにも同じものがあって、お互いのものを軽くだが、擦《こす》り合《あ》わせるような形になり、ダイレクトに刺激が送り込まれてきた。

「おい……っ」

貴志の口元が見えた。あの笑いが浮かんでいる。つり上がる唇から、白く大きめの犬歯がのぞく。

「あなたの方が元気みたいですね」

「…………」

当たり前だ。自分でもやばいと思うくらい、飢えているのだから。媚態《びたい》などまったく示されていないのに、彼の体温を感じただけで、身体が疼いて仕方がない。

「一つ提案があります」

彼の手が不穏な動きを始めた。森住の背中に回っていた手がすうっと背筋に沿って腰まで降りて、腰のいちばん下のあたりをさわさわと撫で回す。そこは、森住の弱点の一つだ。そこを触れるか触れないかのタッチで愛撫《あいぶ》されると、腰がとろけそうになる。

「一度……しませんか？」

しなやかな指が腰の下に滑って、二つの丸みの間へと入ってくる。

「こら……っ」

俺にやらせるんじゃなかったのかっ！　とわめきたくなったが、彼の手に慣れてしまった自分の身体が恨めしい。彼を受け入れるところを幾度も撫で回されて、もう腰が痺《しび》れてきた。反射的にあそこも硬く張りつめ始めている。

「……できるのかよ……っ」

悔し紛れに毒づくと、彼がにいっと笑った。

「ええ。ですから、できるだけこちらの負担が少ない形で」

「あ、あんたに負担が少ないって……」

彼の薄ピンクの舌が、軽く唇を舐《な》める。それだけで、ほぼ下半身直撃である。

「私の上にどうぞ」

〝はあぁあ……っ？〟

「足を開いて、私の上に乗ってください。ちゃんと足を開いて跨《また》がらないと、肝心なところで落ちますよ」

　騎乗位をお試しするつもりらしい。冗談じゃねぇっ！　と突っぱねようとして、森住は思い直した。セックスは嫌いじゃない。いや、どっちかというと好きな方だ。やらなければやらないでいられるが、やる以上は思い切り楽しみたい。

　彼とのセックスに不快感があったのは、正直、最初の一回目の途中までだった。それから後は、何だかんだ言いながらも、楽しんでしまったことは否定しない。体位を変えるたびに、新鮮な悦《よろこ》びがあったのも事実だし、何より、彼とのセックスには、一方的にどちらかが楽しむというよりも、お互いの身体でお互いが楽しむといった、一種のコミュニケーションのようなものが成り立っているのだ。

「……最高にいい眺め、見せてやるよ」

　森住はそう言うと、仰向けになっている彼の上にゆっくりと跨った。

「あなたは……最高ですよ」

　彼がうっとりするような笑みを浮かべた。

「あなたのすべてが……最高です」

　森住の太股から、引き締まった尻《しり》、腰へと撫で上げてくる彼の手のひらが、いつもより熱くなっている。森住は手を伸ばして、ラフにまとめられていた彼の長い髪を解《ほど》いた。髪を結んでいる彼は知的で美しいが、髪を解くと、一気に色気が増して、ぞくぞくするほどセクシーだ。

「あなた以上の人は……この世に存在しない」

彼が甘くかすれた声でささやいた。彼のものがみるみるうちに形を変えていく。森住を見ているだけで、彼が興奮していくのがわかる。瞳がとろりと潤み、森住のブルーブラックの瞳をじっと見つめている。そして、そんな彼の変化を見つめているうちに、森住の方の興奮も高まってくる。

「あんたが……ほしい」

彼の細く強靱な指が、森住の受け入れる場所をくつろげていく。その指先だけで、じんと身体の奥が潤む気がした。

変えられてしまった。何もかもを。彼に出会った瞬間に、森住の人生は大きく変えられてしまった。しかし、そのことに後悔はない。

「……っ！」

大きく足を広げ、彼の上に身体を沈めていく。彼が目を細めて、森住の姿を見つめている。何もかもをさらけ出して、ただ最高の快楽に突き進んでいく、その姿を。

「ああ……」

意外なことに、初めに声を発したのは、彼の方だった。目を細め、ゆっくりとその身に彼を食《は》んでいく森住の腰に腕を回して、微かに喉《のど》を仰《の》け反《ぞ》らせる。

「やっぱり……あなたの中は……最高です……」

いつもよりずっと熱く、大きく膨らんだものを体内深くに食んで、森住は深く息をつく。

たまらない。彼の体温を誰よりも、何よりも身近に感じるこの瞬間がたまらない。彼を深々と飲み込んで、自分の身体の一部にしてしまうこの瞬間に、気を失いそうになるくらいの興奮を感じる。

「あんたも……最高だ……」

誰とセックスしても、これほどの深い快感や満足感を、興奮を得たことはない。

「あ……ああ……っ！」

彼がぐっと腰を突き上げた。思わず仰け反って、声を上げてしまう。

「あ……っ、あ……っ、ああ……っ！」

続けざまに突き上げられて、身体が揺れる。無意識のうちに、体内の彼をきゅうっと締めつけ、彼のリズムに合わせて、腰を上下する。完全にリズムが嚙《か》み合《あ》った時、気絶しそうな快楽が訪れる。

「いい……眺めですよ」

彼がとろりと甘い蜜《みつ》のような声でささやいた。

「凜々《りり》しいあなたも……知的なあなたも大好きですが……快楽に溺《おぼ》れて……瞳を潤ませて

いるあなたが……最高です」

　クリーム色の肌を桜色に染めて、森住は無心に彼を貪《むさぼ》る。今までのセックスでは、彼に貪られている感覚が強かったが、今日は違う。彼を自分から体内に食んで、その力を、熱を全身で貪る。

「ああ……いい……」

　思わず声が出た。彼の真珠色の肌も、薄いピンク色に輝いて見えた。その胸でぷくりと膨らんでいる濃い鴇色《ときいろ》の乳首を指先で摘まんで、すべすべとした先端をいじると、体内の彼がくんっと大きくなって、いちばん感じるところに届いた。

「あ……っ、い、いい……っ」

　彼の両手が森住の引き締まった尻をきつく揉《も》みしだく。

　身体を繋ぐことが、これほどまでにいいと思ったことはなかった。明るいレースのカーテン越しの光に、二人の身体のラインがくっきりと浮かび上がっている。同じリズムで揺れ、同じ快楽の淵《ふち》で乱れて、そして、同じ奈落《ならく》の底に堕《お》ちていく。

　弓のように鋭く身体を張りつめさせ、そして、柔らかなベッドに崩れるように倒れたのは、ほとんど同時だった。

ACT 7.

その日の『le cocon《ル・ココン》』は、貸し切りだった。というより、臨時休業にして、身内だけが集まったのだ。

「トムくん、やっぱりまた向こうに行っちゃうの？」

宮津《みやつ》が少し残念そうに言った。

「せっかく帰ってきたと思ったのにな」

「僕がいた方が、マスターの手が空くからねぇ」

カウンターの中にいるトムが、にんまりしている。

トムは明日の朝の便で、ロンドンに戻るという。そして、向こうで開店する新しいパブのスタッフとして、働くことになっていた。オーナーは賀来《かく》の昔からの知り合いで、若い層が集まるパブを開店するにあたって、スタッフを探していたのだという。そこにちょうど行き合わせたのがトムだった。オーナーは、トムの年齢不詳の美貌《びぼう》と機転の利く頭の良さがすっかり気に入り、いずれ自分の店を持たせたいと言うほど気に入ってしまった。トムは就労ビザ申請のためと、いろいろと報告するために、今回帰国したのだ。

「トムには、こっちで店を持たせたかったんだけど、先を越されちゃったな」

賀来が少し残念そうに言う。

「トム、僕が店を用意したら、帰ってきてくれる？」

「僕は、日本人受けしないからねぇ」

トムはさらりと笑っている。

「マスターみたいにおっとりしていられないし、玲二《れいじ》の他《ほか》の店みたいに品良くはいられない。ロンドンのわちゃわちゃしたパブが性に合ってるんだよ」

「しかし、イギリスは外国人の就労に厳しい国です。就労ビザ、取れますか？」

貴志《きし》が冷静に言う。トムは彼をちらりと見てから、にっと笑った。

「よくご存じで。Ｔｉｅｒ２で申請出してるんだけど、料理人カテゴリで通ったらラッキーかな。まぁ、向こうのオーナーには、イギリス人になっちまえって言われてるけどね」

「トム」

賀来が寂しそうな顔をしている。

「ビザ取れなかったら、帰っておいで。店なら……」

「玲二」

トムが大人っぽい笑みを浮かべた。

「そんなことじゃないってわかってるくせに。僕は店がほしくて、ロンドンに行くわけじゃない。他の何かを見つけたいんだよ」

「玲二、トムの方が大人だな」

篠川《ささがわ》がぽんぽんと、賀来の肩を叩《たた》く。

「いいかげん、子離れしな。こいつは野良猫だ。毛並みはよくなっても、やっぱり飼い猫にはなれないんだよ」

小さなパーティは、トムの送別会と貴志の復帰祝いを兼ねていた。

二週間の入院の後、二週間の自宅療養を終えて、貴志は予定どおり、明日から診療に復帰することになった。森住《もりずみ》としては、もう少し休んでほしかったのだが、これ以上ホテルに監禁しておくと、貴志のストレスが高じて、何をするかわからないくらいになってきたので、仕方なく、前線復帰を許したのだった。

ホテルにこもってからの貴志は、生活がめちゃくちゃになっていた。多忙な仕事のせいで、ここ数年きちんとチェックしていなかった海外論文などを読みふけり、丸一日食べない、寝ないといった生活を続け、二度ほど気絶して、ホテルスタッフが森住を呼び出したくらいだ。

ホテルスタッフの間では、もはや完全に森住は貴志の恋人扱いで、カードキーも持たされているし、顔パスのノーチェックで、客室にも入れる。最初は戸惑ってしまったが、意外に手のかかる魔王殿の看病をホテルスタッフだけに任せておくのも申し訳なくて、せっせと通うことになってしまった。

〝結局、こいつはセンターに置いとくのが、いちばん平和ってことだ〟

ある意味のワーカホリックである。篠川に掛け合って、あまりハードに動かずとも仕事のできる外来担当にしばらく回してもらうことにして、明日から復帰となった。復帰が決まってからは、貴志の精神状態も落ち着いて、めちゃくちゃな生活はしなくなり、きちんと朝起きて、夜眠ることもできるようになった。もちろん、彼を夜寝かせるために、日勤であれば、森住はホテルに行き、夕食、風呂《ふろ》、ベッドを共にした。黙っていても、朝ごはんが二人分、ルームサービスで運ばれてくるし、バスルームには、当然のように、森住のアメニティも置かれるようになった。これでいいのかと首を傾《かし》げてしまう森住である。

「まぁ、イギリスのビザが取れなかったら、パリとかも考えるよ。カナダとかアメリカの方が、就労ビザは取りやすいって聞いたけど、どうなんだろうね」

今日の飲み物は、みなシャンパンだ。当然のことながら、賀来のおごりである。アルコールをあまりたしなまない宮津と筧《かけい》は、乾杯だけシャンパンをもらって、あとはティーソーダを飲んでいる。パーティといっても、カウンターしかない『le cocon』でのパーティなので、食べ物はフレンチのアントレをアレンジしたものだ。ガラスの小皿に盛った色鮮やかなにんじんのラペ。ぱりっと焼き上げたバゲットをスライスして、キャビア・ド・オーベルジーヌ、スモークサーモンのリエット、セルヴェル・ド・カニュを好きなだけのせて食べる。そして、賀来の店の名物料理であるキッシュ・ロレーヌ。豪華な料理ではないが、極上の味だ。美味《おい》しいものを食べつけている美食家の森住と貴志も、納得の味である。どれも極上の食材で丁寧に作られていて、シャンパンにぴったりの味わいだ。

「ヴィネグレットソースがいい味ですね」

貴志が満足そうに言った。

「マスタードがキリッと効いていて、これは美味しい。ヴィネグレットソースが甘いと、にんじんの甘さとぶつかってしまうんですが、これはいいですね」

「『ポタジェ』さんのキャロット・ラペも美味しいですよね」

賀来がにこやかに言う。

「僕も時々食べに行きます。そろそろ星がつく頃なのでは？」

「藤枝《ふじえだ》さん」

おとなしく食べていた筧が顔を上げた。

「これ、なすですよね？」

筧がバゲットにたっぷりのせて食べているのは、キャビア・ド・オーベルジーヌだ。藤枝が頷《うなず》いた。

「キャビア・ド・オーベルジーヌは、なすのキャビアという意味です」

「別名、貧乏人のキャビアだ」

横から言ったのは、神城《かみしろ》である。

「なすの種をキャビアに見立ててるんだよ。俺は、本物のキャビアより、こっちの方が口に合う」

「キャビアは、当たり外れが大きいからね」

篠川が食べているのは、スモークサーモンのリエットだ。バゲットにのせて、薄切りのラディッシュとディルを上にぽんと散らして、食べている。

「僕もキャビアはあんまり好きじゃないから、こっちの方がいいや」

『le cocon』に集まったのは、賀来と篠川、神城、筧、宮津、それに森住と貴志だ。カウンターの中には、藤枝とトムが立っている。

「藤枝、シャンパンもいいけど、僕、ウイスキーが飲みたいな」

「では、たまには、ジャパニーズウイスキーはいかがでしょう。山崎18年を入れてみました」

「いいね」

「あ、じゃあ、俺も」

神城が手を上げた。

「トゥワイスアップで」

「かしこまりました」

トムが気取った口調で答えて、ウイスキーを用意する間に、藤枝は新しいおつまみを出してきた。

「ウイスキーには、こちらをどうぞ」

バゲットの他に、大きめのクラッカーを追加して、白っぽいディップがたっぷりと供された。

「何、これ？」

宮津が大きな目をぱちぱちとさせている。

「スモークの香りがするな……」

すぐに言ったのは、森住である。

「ちょっともらっていい？」

食に対する好奇心は、誰よりも旺盛《おうせい》である。クラッカーにディップを塗って、口に運ぶ。

「……牡蠣《かき》？　ああ、スモークの牡蠣缶だ、これ。とろっとしてるのは……」

「豆腐とクリームチーズですね」

クラッカーを取り、ディップを少しつけて食べた貴志が続ける。

「あと……柚子胡椒《ゆずこしょう》かな、このぴりっとくるのは」

「お見事です」

藤枝が苦笑している。

「牡蠣と柚子胡椒はおわかりになると思いましたが、お豆腐とクリームチーズを当てたのはお見事です。どちらかだけになりがちなんですが」

「僕にもちょうだい」

篠川が手を出したので、筧がひょいと手を伸ばし、かいがいしく世話をする。

「はい、どうぞ」

「いい子だねぇ、筧くんは」

篠川がぱりっといい音を立てて、クラッカーを食べながら、ちらりと神城を見た。

「神城先生、いいお嫁さんだねぇ」

「おう、うらやましいだろ」

神城がぺろっと言う。筧は怒りもせずに、肩をすくめただけだ。神城とケンカをした時、筧は、篠川と賀来のマンションに転がり込んだことがある。裏事情はすっかりバレているのである。

「篠川先生、わんちゃんたちはお元気ですか？」

筧が尋ねる。彼は無類の犬好きで、自分も三匹の柴犬《しばいぬ》を飼っている。篠川と賀来のマンションには、二人の他に、二匹のコーギー犬がいる。筧は、この二匹のお姫様たちが大のお気に入りなのである。

「元気だよー。よかったら、また遊びにおいで。手料理とかも持ってきてくれると嬉《うれ》しい」

「え」

筧がびっくりした顔をしている。

「俺の手料理って……お惣菜《そうざい》系ですよ？　先生たちがいつも召し上がっているような豪華なフレンチじゃないですよ？」

「筧さん、お料理できるんですか？」

貴志が尋ねる。筧は少し困ったように頷いた。

「できるってか……普通のごはんですよ。最近は藤枝さんや『プリマヴェーラ』の真崎《まさき》シェフに教えてもらって、洋風の料理も作るようになりましたけど、俺が作るのは、基本的に普通のごはんです」

「でも、すっごく美味しいらしいよ。神城先生がいつも自慢してるから」

宮津がにこにこしながら言った。

「俺の深春《みはる》の料理は世界一だって」

「おや」

貴志が軽く目を見はった。

「同居なさっているとはうかがっていましたが、神城先生は筧さんを名前で呼ばれるんですか？」

「そりゃそうだ」

神城はあっさり頷いた。

「深春は俺のもんだからな」

「……それ、職場で言わないでくださいね」

筧があきらめ顔で言う。

「それでなくても、俺に対する風当たり、結構強いんですから」

「そうなのか？」

神城はきょとんとしている。彼の鈍感力は最強の武器だと、森住は思う。

「森住先生」

シャンパンを飲みながら、ちょっとぼんやりしていると、トムが声をかけてきた。

「ああ？」

「貴志先生も」

「はい？」

トムも、今日はシャンパンを飲んでいる。この店では、バーテンダーはすすめられても、仕事中にアルコールは飲まないのだが、今日は内輪だ。賀来と藤枝のお許しが出て、トムもシャンパンのグラスを手にしていた。

「この前は意地悪しちゃってごめんね」

「何のことですか?」

貴志が少し切り口上になった。感情的になる彼はめずらしいのだが、やはり森住がらみだからなのだろうか。トムは笑っているだけだ。

「誓って言うけど、僕と森住先生の間には、友情以外のものはないよ。確かに、森住先生は素敵だし、優しいけど、僕の恋愛対象じゃないんだ」

「トムくん……」

「この前、『グラナダ』で馴《な》れ馴《な》れしくしたのは、あんまり二人が仲よさそうだったから、ちょっといじめたくなっただけ。だってさ、僕、貴志先生よりずっとずっと前から、森住先生のこと知ってるんだよ? それなのに、貴志先生の前にいる森住先生は、僕の知らない顔してたんだ」

トムはシャンパンを一口飲んだ。

「何かさぁ、ラブラブ丸出しの顔っていうの? この人と一緒にいるのが、楽しくて仕方ない、嬉しくて仕方ないって顔だったんだよね。なーんか、ぶん殴られたような気がしちゃってさ」

「トーム」

藤枝がそっと声をかけてくる。森住は軽く手を上げて、藤枝を制した。

「俺、そんな顔してたか？」

「してたしてた」

トムはくすくすと笑っている。

「公共の場に出しちゃいけない顔だったね。それで、誰と一緒なのかなって思ったら、ものすごくきれいな人で、この人も先生のこと、可愛《かわい》くて仕方ないって顔しててさ。もう雰囲気がえっちくさくて、うわーっ！　ぶっ壊したれー！　って思っちゃった。ごめんね」

「宝生《ほうしょう》さん」

貴志が呼ぶと、トムはうわぁ、やめてぇっ！　と笑った。

「トムでいいよ。宝生務《つとむ》は、僕を捨てた親がつけた名前だからね。トムが僕の名前。僕を愛してくれた人たちがつけた名前だから」

トムの複雑らしい出自は、森住もよくわからない。しかし、今の彼を見ていると、彼は肉親には恵まれなかったが、代わりに他人に恵まれていたらしい。ここに集まっている全員が、トムを大事に思っているし、彼に店を持たせたいとまで言ったロンドンのパブオーナーもそうだし、きっとパリやバルセロナにも、彼を大事に思っている人たちがいるのだろう。だから、トムはだんだんと優しくなっていった。尖《とが》っていたトムも好きだったが、こんな風に少し大人になって、優しくなったトムも、森住は友人として好きだと思った。そう、友人として。もう、彼に対する恋愛感情はない。森住の中にある恋の感情は、すべて貴志が持っていってしまったのだから。

「ほら、貴志先生、ちゃんと飲んで、食べてる?」

篠川がひょいと顔を出して言った。

「明日から、がっつり働いてもらうんだからね。いったん出てきてから、やっぱりお休みしますは許さないよ」

「はい」

貴志は微笑《ほほえ》んで頷いた。

「大丈夫です。しばらくは車も運転しませんし」

「え?」

神城がグラスを持ったまま、首を傾げた。

「じゃあ、どうやって通うんだよ。先生、その足で歩いたり、満員電車に乗ったり、バスに乗り換えたりはきついだろ?」

「神城先生」

筧がふうっとため息をついた。万事に聡《さと》く、勘のいい彼である。正解はわかっているらしい。

「貴志先生のバックグラウンドをお忘れです」

「へ？」

貴志がおっとりと微笑んだ。

「ホテルの者が送り迎えしてくれます。そのために、父が新しいドライバーを雇いましたので、しばらくは……まぁ、二ヵ月くらいになるかと思いますが、一応治癒になるまでは、車の運転は両親に止められました。今回の事故は、私のせいではないんですが」

「でた。モノホンのセレブ発言」

神城がつぶやいて、筧に背中をどやされている。

「何すんだよっ」

「先生のご実家だって、立派なセレブなんですから、あのくらいのこと言ってみたらどうです？」

神城の実家は、いくつもの企業を経営しているコングロマリットのオーナーだ。神城自身にも、いくつの会社を経営しているのかわからないのだという。家業には、とことん興味がないのだ。

「俺のガラじゃないっての。まぁ、貴志先生、そのたぐいまれなる美貌がぶっ壊れなくてよかったよ。あんたの顔に傷がついたら、人類の大いなる損失だからな」

「それは褒めていただいているんでしょうか。それとも、皮肉を言われてるんでしょうか」

「褒めていると思ってください」

筧が神城の代わりに言う。

「この人には、皮肉を言うような回路はついていません。思ったことを思ったように言うことしかできないんです」

筧のセリフに、その場の全員が一瞬黙り、筧と神城を除く全員が爆笑した。

「す、すごいなぁ……」

トムが目尻《めじり》に滲《にじ》んだ涙を拭《ぬぐ》いながら笑っている。

「神城先生って、結構な俺様キャラだと思ってたんだけど、僕が日本を離れているうちに、キャラ変したの?」

「いや、先生がキャラ変したんじゃなくて、筧の本性が出ただけだな」

篠川もめずらしく苦しそうに笑っている。

「この先生、学生時代からめちゃモテしてた人なんだけど、ここまで独身だった意味がわかったよ。この先生を尻に敷けるほどの知力と体力と忍耐力を併せ持った超人が現れなかっただけ」

「俺は化け物かなんかですか……」

筧が不本意そうな顔をしている。それに対して、篠川がとどめの一言を言った。

「いや、猛獣使いかな」

また、みんなが笑い出す。今度は神城まで笑っている。

〝あれ……？〟

笑い崩れながら、森住はふと隣を見る。

そこには、天使と悪魔の真ん中あたり……そう、何となく人間ぽい笑顔の貴志がいた。

屈託なく、初めて会った少年の日のような笑顔の貴志がそこにいた。


パーティは、午後十時頃にお開きになった。明日の朝早いトムは、羽田のホテルに泊まるのだという。彼をみんなで送り出し、そして、その足で、神城と筧が帰った。酒に弱い筧がとろんとした目になってきたからだ。

「貴志先生はどうするの？」

篠川と賀来は、このままもう少し飲んでから帰ると言う。宮津はすでにカウンターに突っ伏して、すうすうと寝息を立てていた。彼はきっと、ここの二階に住んでいる藤枝と一緒に夜を過ごすのだろう。

「さっき迎えの者を呼びましたので。ここの前は一通で車が入ってこられないので、少し出て待つことにします」

貴志がけがをして休んでいるうちに、桜は遅咲きのものも散ってしまい、新緑の季節に移り変わろうとしている。柔らかく吹く風もただあたたかく、おぼろに浮かぶ月さえも、あたたかな光を投げかけていた。

「足、大丈夫？」

コートはもういらないので、薄いストールをふわっと首のあたりから肩にかけて巻いた貴志に、篠川が声をかけた。

「ええ。もうクラッチもいらないんですが……」

「悪いこと言わないから、外を歩く時だけは使ってくれ」

森住が言う。

「クラッチってのは、わかりやすい指標なんだよ。それを使っていれば、足に不自由があることを何も言わなくてもわかってもらえる。言っておくが、あんたはまだまだ治療途中のけが人なんだぞ」

「わかっています」

けがをしてから、貴志は本当の手ぶらで出かけるようになっていた。もともと現金はほとんど持ち歩かず、キャッシュレス決済の人なのだ。今日はさすがに現金を持ってきていたようだが、今日の飲み代は賀来のおごりなので、結局財布は出さずに済んでしまった。

恐ろしいほどの身軽さで、貴志は店内に残っている賀来と篠川、藤枝、眠っている宮津に会釈を送った。

「それでは、おやすみなさい」

「はい、おやすみ」

「おやすみなさい。気をつけて」

「おやすみなさいませ」

それぞれの挨拶《あいさつ》を受けて、貴志と森住は『le cocon』を出た。

「どこら辺に迎えに来るんだ？」

森住は、ゆっくりとした貴志の歩調に合わせて歩いていた。クラッチを使ってはいるが、その歩行は驚くほどスムーズだ。

下腿《かたい》や大腿《だいたい》の骨幹部骨折で、プレート固定や髄内釘《ずいないてい》での固定をする場合は、脚長《きゃくちょう》にいちばん気を配る。左右の足の長さが少しでも違ってしまうと、跛行《はこう》が残ってしまうからだ。貴志の場合も、下腿の骨折で重なりがかなりあったため、それをいかに伸ばして、きれいに接合するかが問題だった。術後にレントゲンで確認した時は、上手《うま》く接合できていると思ったが、人間の身体《からだ》はとても精密にできている。人によっては、数ミリの違いでも感じ取ってしまい、跛行になってしまうほどだ。

貴志は武道の有段者で、自分の身体にはとても敏感だし、気を遣っている。それだけにかなり心配したのだが、リハビリは順調すぎるほどに順調で、歩行にもまったく問題はなく、とてもスムーズだ。

「美術館の前だと言っていました」

貴志が答えた。そして、彼は少し振り返って、ちらりと森住を見る。

「私の歩行に何か問題がありますか?」

「あ、わかったか?」

森住は苦笑した。貴志が頷く。

「医者の顔をしていましたから」

「俺、いつもはどんな顔してる?」

そっと肩を並べる。ふわっと、いつものように甘い花の香りがした。柔らかいストールに軽く頰《ほお》を埋《うず》める。

「すげーいい肌触り。気持ちいいな、これ。首が冷えなくていいよな」

「あなたが冷やすなと言いましたからね」

そう言ってから、貴志はふふっと笑った。

「いつものあなたの顔ですが、トムくんが言ったとおりです」

貴志が涼しげな声で言った。

「ラブラブ丸出しの顔」

「何だよ、それ」

二人はゆったりと歩いていく。貴志の迎えの車は、恐らく美術館の駐車場で待っているのだろう。あそこは夜間でも施錠されず、わりとのんびりとした管理をしている。

「トムくんと」

貴志が穏やかな口調で言った。

「もっとたくさん話してみたかったですね」

「ああ」

トムは『またねー』と手を振って、去っていった。フットワーク軽く、世界を飛び歩くのが、きっと性に合っていたのだろう。彼はのびのびとしていた。『le cocon』にいた時もマイペースだったが、今の彼を見ていると、あの頃の彼は、自分の居場所を探してもがいていたのだとわかる。フレアを練習したり、さまざまな外国語を学んだりして、必死に自分だけの人生を探っていたのだ。

「あいつのことだ。またひょっこり戻ってくるよ。あいつの帰るところは、『le cocon』だけなんだから」

二人は肩を並べて、ゆっくりと歩いていく。貴志の羽織ったストールがふわふわと揺れて、甘い香りを振りこぼす。

「私の帰るところは」

貴志がひっそりと言った。

「きっと、あなたのところなんです」

貴志は立ち止まると、ふんわりとストールを巻き直す。口元を隠してしまったので、彼の美しい瞳《ひとみ》だけが表情を伝えている。

「あの事故の時、本当にそう思ったんです」

「貴志先生……」

「そろそろ」

貴志の瞳が細められて、微笑んだ。

「先生はやめませんか？　お互いに」

「え……」

貴志の身体がすっと寄り添ってくる。すいと指先でストールを口元から下ろして、顔を寄せてきた。そっと交わす甘いキス。花の香りとふわふわと夢のように柔らかなストールに包まれた甘すぎるキス。森住は両腕をゆっくりと回して、貴志を抱きしめた。

「あんたが……颯真《そうま》が帰ってきて、俺、泣きそうになるくらい嬉しかった」

貴志がそっと頬にもキスをする。

「ええ。私も英輔《えいすけ》の下《もと》に戻りたくて……」

そっと肩に頬をつけてささやく。

「泣きそうでしたよ」

雲が流れて、すうっと月明かりが遮られる。つかの間の薄闇《うすやみ》の中で、二人はひっそりと抱き合う。

お帰り。そして、ただいま。

やっと帰ってきたよ。君のいる場所に。

やっと帰ってきた。君の隣に。

「おはよう」

いつものように、センターの朝が始まる。颯爽《さっそう》とスタッフの前に立つのは、もちろん篠川だ。

「おはようございます!」

今日は夜勤からの持ち越しもなく、スタッフもほぼ全員が顔を揃《そろ》えていた。

「じゃあ、まずは地獄からの帰還者のご挨拶をいただこうかな」

ものすごい紹介の仕方に、スタッフが吹き出す。

「先生、それはないでしょう?」

微妙な顔をしているのは、もちろん貴志である。ゆっくりとクラッチを使って、皆の前に立つ。

「おはようございます。地獄の使者のように紹介されましたが、貴志です」

実にめずらしい貴志のジョークに、スタッフたちは笑っていいのかな？　という顔をしている。

「事故の際には、ご心配とご迷惑をおかけいたしました。おかげさまで、このとおり、仕事復帰できるまでになりました。しばらくの間は、診療ブースでの勤務になりますが、よろしくお願いいたします」

「お帰りなさーい！」

ムードメーカーの南《みなみ》が叫び、スタッフたちは口々に「お帰りなさい」「お待ちしてましたーっ」と言って、大きく拍手をした。

「はいはいはい、そこまで。後は個人的にね」

篠川がぶった切る。空気を読まないことにかけては、このセンター長殿はピカイチだ。

「えーと、それからもう一つね。これはまぁ、サプライズというか、代わり映えしないというか」

そう言うと、篠川は後ろを振り返った。

「何だよ、初日から遅刻か？」

師長の叶《かなえ》が、病院との間の渡り廊下を見に行こうとした時だった。

「すみません！」

よく通る声がして、すらっとした長身が駆け込んできた。

「遅くなりました！　病棟で捕まっちゃって」

篠川の隣に立った長身の医師。すらりとした、鍛え上げられた身体。すっきりと整ったハンサムな容姿。

「本日から、センター所属になりました森住です！　よろしくお願いします！」


「驚いてくれた？」

医局のデスクに腰を引っかけて、森住はコーヒーのカップを持って笑った。

「まったく……あなたは」

ソファに身体を埋めた貴志は、呆《あき》れたような視線を、無邪気な笑顔の恋人に向けた。

「私にまで黙っている必要はないでしょう？」

今朝まで一緒にいたのだ。正確には、ついさっきまで。一緒の車でホテルからここまで来たのだから。

「まったく……」

「いいじゃん。俺、ずっと颯真のそばにいるからさ」

無敵の笑顔で、森住は恋人を見つめる。

どこまでも、おまえと一緒に行く。そこが地獄でも、天国でも。

どこまでも、おまえの手を離さない。

「……ええ、ずっとそばにいてください」

たぶん、生まれて初めての小さな懇願。命令ではなく、君に懇願する。

ずっとそばにいてください。

やっと、君と歩幅が合ったようだ。

私の歩くスピードと君の歩くスピードが噛《か》み合《あ》って、やっと肩を並べて歩き出した。

「愛しています」

恋人が笑った。とても嬉しそうに。

「ああ、俺も愛してるよ」

そして、魔王は地に降りる。人の姿に戻っていく。

一人の恋する救命救急医に。

あとがき

こんにちは、春原《すのはら》いずみです。

「恋する救命救急医」最終巻でございます！　全十二巻、最後の一行でぴしっと決まって、きれいに落ちました！　最後のカップルは、満を持してのドクター同士で、どこまでも派手に恋愛バトルを戦い抜いてくれました。三年半、四カップルに亘《わた》った春原流ラブストーリーについてきてくださった皆さま、本当にありがとうございました。

そして、メインキャラだけで八人、犬五匹（笑）を描き続けてくださった緒田涼歌《おだりょうか》先生にスタンディングオベーションを。本当にありがとう！　心からの感謝を捧げます。

三年半、伴走してくださった担当嬢、編集長様、校閲担当者様、デザイナー様、販売に携わってくださった皆さまにも、感謝を。共に完走できたことを嬉しく思います。

それではまた。どこかで……お目にかかれますように。ふふ。

SEE YOU NEXT TIME!

今日も白衣に着替えて、ＭＲ室にて　　春原　いずみ

『恋する救命救急医　魔王陥落』、いかがでしたか？
春原《すのはら》いずみ先生、イラストの緒田涼歌《おだりょうか》先生への、みなさまのお便りをお待ちしております。

春原いずみ先生のファンレターのあて先
〒112-8001　東京都文京区音羽2-12-21　講談社　文芸第三出版部「春原いずみ先生」係
緒田涼歌先生のファンレターのあて先
〒112-8001　東京都文京区音羽2-12-21　講談社　文芸第三出版部「緒田涼歌先生」係

N.D.C.913　223p　15cm

春原いずみ（すのはら・いずみ）
新潟県出身・在住。6月7日生まれ双子座。
世にも珍しいザッパなA型。
作家は夜稼業。昼稼業は某開業医での医療職。
趣味は舞台鑑賞と手芸。
Twitter：isunohara
ウェブサイト：http://sunohara.aikotoba.jp/

講談社X文庫

white heart

恋《こい》する救命救急医《きゅうめいきゅうきゅうい》　魔王陥落《まおうかんらく》

春原《すのはら》いずみ

●

2020年4月2日　第1刷発行

定価はカバーに表示してあります。

発行者――渡瀬昌彦
発行所――株式会社　講談社
東京都文京区音羽2-12-21　〒112-8001
電話　編集　03-5395-3507
販売　03-5395-5817
業務　03-5395-3615
本文印刷―豊国印刷株式会社
製本――株式会社国宝社
カバー印刷―半七写真印刷工業株式会社
本文データ制作―講談社デジタル製作
デザイン―山口　馨

ISBN978-4-06-518751-7